KB134396

유서

자살에 실패했던 작가의 유서

이 상

차례

프롤로그

만약 당신이 이 사연의 주인공이라면…….

이것은 유서를 쓰고 자살에 실패했던 한 사람의 유서이다.

죽다 살아난 그는 두려울 게 없다.

살기 위해, 20권 이상의 소설로 상처를 녹여낸 작가 이상.

하지만 그걸로는 불충분했다. 한풀이가 완벽하게 되지 않아 직

설적으로 유서를 쓰고 죽으려고 했으나 실패하였다. 다시 유서

를 가다듬고 직설적으로 자기 사연을 적었다. 유서는 상처의

자서전이 되었다.

나는 스스로의 문제점을 잘 알고 있다.

나의 주치의 한의사 선생님이 해주신 말씀이 있었다.

"그냥 받아들여라, 자기위로 하지 말고…."

그래서 받아들이며 상처를 적는다.

수천 번 말하는 것보다 글로 적는 게 백 번 옳은 것 같다. 짓밟힌 영혼을 풀어내려고 무척이나 애를 썼다. 어디서부터 금이 간 거지? 라고 말이다. 나의 영혼이 담긴 글이다. 나는 이 원고가 혹여나 날아갈까 봐 집필하면서도 계속 수정할 때마다 메일로 '내게 쓰기'를 해서 백업을 하였다. 내 아픔을 글로 다 승화시킬 때까지 이성교제란 없다고 다짐하였다.

어떤 분과 상담을 하였는데 상담사가 나에게 "보통 사람이었으면 자살했을 거다" 라는 말을 해주었다. 그래서 내가 스스로 대견하고 떳떳하다. 스스로 대견하기 때문에 이 글이 수치스럽지 않다. 스스로 큰 사람이라고, 그릇이 큰 사람이라고 자부하고 싶다.

다만 나의 내면이 100퍼센트 발가벗겨져 조금 부끄러울 뿐이다. 좋게 말하면 그만큼 솔직한 사람이라고 해두자. 사람들은 보통 정말 평생까지 묻고 갈 자기의 수치스러운 고통이나 상처는 말하지 못한다. 하지만 난 이 글을 통해 표현한다. 여태까지 정신력 하나로 살아온 작가의 인생…….

이 책은 지인들에게 출판했다고 알리지 않을 것이다. 하지만 이 책이 잘 되어서 읽게 되든 아니면 우연히 내 책을 찾아서 본 지인들이 내게 연락해 주었으면 좋겠다. 그리고 따뜻한 말 한 마디를 해 주었으면 좋겠다.

가장 평범하고 일상적인 것이 가장 판타지적이라고 생각한다. 다만 남이 봤을 땐 특별하나, 자기 자신은 평범한, 일상적인 삶이라고 느낄 때가 그렇다고 생각한다.

이제는 성숙하고 강해졌다. 인생의 초기에 액땜을 다 했기 때문에 고통스럽게 한풀이하는 글은 이제 그만 쓸 것이다. 과거의 고통스러운 기억으로 다시 되돌아가고 다시 끄집어내는 과정이 굉장히 괴로웠다. 영감이 떠오르면 다시 지옥 속으로 들어가는 거다. 이 〈유서〉라는 작품이 은퇴작이 되길 바란다. 작가라는 직업으로서의 유서가 되길 바란다. 사람들은 보통 자존심이 세고 자신의 이미지에 집착하여 수치스러운 일들을 알리기 싫어한다. 나 역시 그랬다. 하지만 생각이 바뀌었다. 자기 자신을 사랑하는 마음이 있어야 날 움직인다. 어쨌든 상처를 토해내야 되었다. 아니면 내 몸속 어딘가에 상처가 스며들 것 같았다.

다시 영감이 떠올라 모니터 앞에 앉아 고통 속에 빠지는 일은 없었으면 좋겠다. 남들 같으면 얘기하지 않을 모욕과 아픔을 글로 승화해 치유하고 작품을 만들어내는 내가 대견하다. 이 책을 읽으면 나를 처음 접한 독자분들과 내 주변 사람들은 나를 다시 볼 것이다. 그 동안의 트라우마와 상처를 승화시키고 자기위로를 하고 글을 쓴다고, 보통 사람이 평균적으로 쓴다는 뇌의 용량보다 30~40퍼센트는 더 쓴 것 같다.

'이상' 작가는 이번 신간 〈유서〉라는 작품을 은퇴작으로 생각한다. 글에 환멸을 느끼고, 글을 쓸 때면 고통스럽다. 살기 위해 글을 적었던 강박은 잠시 내려놓으려 한다.

이 글을 퇴고하기 전 천 번 이상 수정하고 추가하였다. 저자는 재밌는 상황이 두렵고 즐거운 상황이 두렵다. 그리고 대화가 두렵다. 영감이 떠오르면 곧바로 메모하기 때문이다. 고통스럽고 영감이 떠오르는 순간 써야 하는 고통이 오기 때문이다. 이제 그 고통을 버리려 한다. 이번 '이상' 작가의 은퇴작이 많은 독자들의 사랑을 받았으면 좋겠다. 출판사와 계약서 사인을 하고 내 할 일은 다 했다고 생각하였다. 역시 내 이름으로 만든 싸인은 멋있다. 개성있고……

로마서 12장 19~20절- "내 사랑하는 자들아 너희가 친히 원수를 갚지 말고 하나님의 진노하심에 맡기라 기록되었으되 원수 갚는 것이 내게 있으니 내가 갚으리라고 주께서 말씀하시니라 네 원수가 주리거든 먹이고 목마르거든 마시게 하라 그리함으로 네가 숯불을 그 머리에 쌓아 놓으리라"

잠언 20장 22절- "너는 악을 갚겠다 말하지 말고 여호와를 기다리라 그가 너를 구원하시리라"

전도서 3장 16~17절- "나는 세상에서 또 다른 것을 보았다.

재판하는 곳에 악이 있고, 공의가 있어야 할 곳에 악이 있다. 나는 마음속으로 생각하였다. 의인도 악인도 하나님이 심판하실 것이다. 모든 일에는 때가 있고, 모든 행위는 심판 받을 때가 있기 때문이다."

하나님은 정말 사랑하시는 자에게 예수님이 십자가에 못 박힌 것만큼의 고통을 주시는 것 같다. 그래서 난 예수님의 형상을 띠는 것 같다. 악의 것들에게 희생당하고 고통당하여 구원을 하여 다 이루었던 것처럼……

유서

나는 집안에 막내로 태어나 사랑을 독차지했던 귀염둥이였다. 7살 때부터 기억이 나는데 유치원에서도 선생님들이 정말 예뻐하셨다. 부산 좌동 신도시에서의 생활은 그야말로 행복 그 자체였다. 장난감을 살 때도 만들어 놓은 걸 샀고 레고와 조립과 퍼즐은 안 했다. 기계치였던 어린 시절이 떠오른다.

　당시 부흥초등학교를 다녔는데 당시 장난꾸러기에 사교성도 좋아서 남자애들 여자애들 할 것 없이 나를 정말 좋아했었다. 그렇게 1학년과 2학년 과정을 마치고 3학년이 되었는데 당시 2002년 월드컵이 난리였었고, 나는 대한민국과 전 세계를 놀라게 했던 4강 신화를 잊지 못한다.

그 이후로 난 축구에 빠졌고, 책이란 걸 보지 않았던 나는 2002년 월드컵 한국대표 멤버들 23명의 등번호를 외우고, 23 인의 자서전을 모두 읽을 만큼 푹 빠졌다. 사람들은 신기해하였고 나는 지금까지도 외우고 있다. 그리고 그 때부터 학급 반 친구들이랑 짝수 반과 홀수 반을 나눠서 축구를 하는데 마냥 행복했다. 시디게임인 축구게임 '피파 2002'를 그때부터 시작해서 지금까지 하고 있다. 당시 '튼튼 어린이 운동교실'이라는 센터를 다녔는데 다른 아이에 비해 운동 신경이 월등했다. 제대로 운동을 배웠으면 어땠을까 싶다.

운동교실엔 3명의 체육강사가 있었는데 2명의 선생님한테는 내가 축구를 잘 한다는 인식이 심어져 있었다. 나머지 한 강사와 수업할 때는 내가 잘 못할 때만 그 선생님이 수업을 하거나 아니면 축구가 아닌 다른 종목이었다. 그분은 초등학교 축구부 코치도 겸하고 있었다. 내가 교육청 축구센터에서나, 운동교실이나 학교 체육시간 축구시합 때 잘하는 모습을 보일 때면 어김없이 그 코치는 없었다.

선생님들은 내가 다른 애들보다 체력적으로, 그리고 기량적으로 평균 이상이라고 칭찬을 하셨다. 짝수반이 졌을 때 다 엎드려서 매를 맞았는데도 난 잘하고 열심히 뛰어서 선생님이 그냥 "일어나 있어"라고, "넌 정말 잘했어"라고 칭찬해주셨다.

그리고 초등학교 6학년과 3학년 담임 선생님은 축구를 좀 하는 아이 중에 나를 지목하였다. 아이들은 주워 먹기의 달인이라고 장난치지만 선생님은 나보고 위치선정이 좋고, 실제로 골만 넣는 포지션이 있다고 하시면서 골 냄새를 잘 맡는 인자기 선수와 비교를 하였다. 그리고 체력도 좋다고 하였다.

그 다음부터 집에 있는 시간은 거의 없었고, 밥만 먹고 매일 축구를 하러 나갔다. 일기장에도 내 꿈은 축구선수라고 적었고 축구 이야기가 일기에 절반 이상을 차지할 만큼 축구에 대한 열정이 넘쳤다. 그렇게 4학년과 5학년 2년 동안은 교육청 축구센터에서 최우수상을 탈 만큼 축구를 즐겼다. 즐기는 자는 못 따라간다는 말이 내게 확 와 닿았다. 하루 종일 스포츠 뉴스를 본 적도 많았다.

그렇게 10년 가까이 신도시에서 많은 친구들과 행복한 시간을 보내고 있다가, 어느 날 6학년 2학기에 반여1동으로 전학을 가게 되었다. 전학을 간 동시에 난 아는 친구가 한 명도 없이 외롭게 혼자 다니게 되었고, 친구라곤 부모님이 이발소를 하시던 혼혈 친구 하나가 다였다. 친구네 부모님은 1층에서 이발소를 하시고 2층에서 숙식을 하였다. 이 글을 쓰면서도 그 친구가 너무 보고 싶다.

중학교 1학년 때는 마냥 학교가 싫었다. 수업 중에도 운동장만 보고 있었다. 나는 전학을 오는 동시에 소극적으로 변했고 친구관계도 안 좋아졌다. 부모님께 매일 축구부에 보내달라고 엉엉 울며 떼를 썼다. 겨울방학 때는 정말 울면서 화를 내며 부모님에게 빌었는데 그냥 묵묵부답이셨고, 결국 재능도 없는 공부를 계속 해야 했다. 학교폭력을 당하는 와중에도 학원에 다녀 공부가 되지 않았다. 중학교 2학년 때는 중학교 패거리들과 학원을 같이 다녔고, 중학교 3학년 때는 한 학원에 다녔는데 그 학원은 개인 가정집이었다. 수학선생님의 아들이 내가 다니는 중학교에 불량한 아이의 이름을 대면서 아냐고 물어봤지만 모른다고 하거나 알아도 친하진 않다고 대답하였다. 나만 아는 경우도 있다고 하였고 그 수학선생님의 아들은 우리 중학교 학생이 아니었다. 힘든 와중에 공부한다고 학원에 온 자체도 괴로운데 또 트라우마가 나를 힘들게 만들었다. 집중도 되지 않고 그냥 쉬고 싶었다. 가기 싫다고 이모 집의 창문을 깰 정도로 공부가 싫었는데, 그 와중에도 학원에 보내는 엄마가 정말 야속했다.

그리고 중학교 2학년이 되었다. 진짜 비극은 이때부터였다. 난 매일 격투기 선수가 때리는 샌드백 마냥 쉬는 시간마다, 아침에 교실에 도착해서부터 학교 수업이 모두 끝날 때까지 그렇게 맞아야 했고 괴롭힘을 당해야 했다. 그렇다, 학교폭력이었다. 이유는 날 때린 아이를 선생님께 말했다는 이유였다.

교무실에는 학폭 가해자의 아버지가 있었다. 옛날에는 이렇게 비열하게 괴롭히지는 않았다고 한다. 한 대 때리고 말지. 8090세대에 태어났으면 하는 생각도 한다. 그 때 태어났으면 이런 놈들과 마주치지 않았을 텐데 하고 말이다. 누나와 6살 터울인 것도 싫었다. 조금만 일찍 나와서 그나마 순수했던 시절에 태어났으면 하고 생각했다. 시대가 발전할수록 한국 남자들의 남성성은 약해진다. 시대가 변하면서 순수함이 없어졌다.

가요의 가사만 봐도 알 수 있다. 음란하게 변한다. 1년만 늦게 태어났어도 걔네들을 안 만났을 텐데 말이다.

수업하고 있는데 뒤에서 두 명이 지우개가루를 내게 뿌리고, 가운뎃손가락으로 나의 등 쪽을 때려서 영어 수업시간 50분 내내 맞았던 적이 있다. 뒤에서 재밌어하는 놈, 알면서 모른 척하는 선생님… 모두 싫었다.

중3이 되고도 또 다른 두 명한테서 뒤에서 지우개가루를 맞아야 했다. 내 옆에 있는 친구가 하지 말라 했다고 욕을 하고… 걔들은 어릴 때부터 인성과 인격이 글러먹었다. 그 중 한 명은 페이스북을 보니 소방관이 되었던데 자신의 과거도 모른 체하고 소방관이라는 자신을 희생하는 직업을 갖고 있다는 게 놀랍다. 그것도 교회에도 다니는 인간이 말이다. 걔가 소방관이 되었다는 말을 듣고는 불 속에 갇힌 사람들을 구조하면서 자기가 지은 죗값을 받아 불에 타서 죽었으면 좋겠다는 생각을 했다. 그 아이는 별 것도 아닌 일에 잘 삐져서 징징거렸다. 어린애 같았다.

난 그때는 왜 그렇게 바보였는지 그냥 웃으면서 "하지 마"라고 했는데, 그러면 오히려 날 비웃으며 더 때렸다. 계속 컴퍼스를 꽉 쥐며 참아야 했다. 점심시간이 되면 화장실에 숨어 있거나 체육관에 숨어있었다. 아니면 또 괴롭힘을 당할 테니까. 나를 때리는 건 나의 엄마 아빠를 무시하는 행동이라고 생각이 든다. 나를 괴롭히는 건 엄마 아빠를 괴롭히는 행위라고 본다. 우리 부모님들도 나를 안 때리는데… 지들이 뭔데….

꽉 쥐고 있는 캠퍼스로 그의 얼굴을 찌르고 싶었다. 너무 고통스럽고 분노해서… 그날 등 쪽이 빨갛게 부풀어오르고 피멍이 심하게 들어서, 누울 때 너무 고통스러운 나머지 엎드려서 자야만 했다.

그 때 당시엔 왜 그렇게 겁이 많았는지. 혹여라도 부모님이 알까 봐 몸에 생긴 수없이 많은 멍들을 숨긴 채 샤워를 하고, 샤워가 끝나면 몸을 가리고 옷을 입곤 했다. 탈의실에서 집단 폭행을 당하기도 하고 놀림을 받고, 그냥 인간 이하의 대접을 받았다. 인격적인 모독을 심하게 당했다.

그렇게 1년 동안 내 소중한 몸과 마음에 폭행을 당했다. 친구를 따라 복싱학원에도 다녔는데 이상하게도 학원에 다닐 땐 잠시 건들지 않고 그만뒀을 때 다시 학교폭력이 시작되었다. 아버지와 목욕탕을 갈 때 같이 걸어갈 때도 그 애와 그 애의 여자 친구는 나를 조롱하는 표정을 짓고 비웃었다. 목욕탕에서 그들을 볼 때, 내일이면 월요일이라는 게, 또 그들을 마주치는 게 고통이고 스트레스였다.

환청이 들리고, 자기 위로를 하는 주문을 머릿속으로 외우고, 자해를 하고, 울화통으로 홧병이 나서 그냥 뛰어내리고 싶었다. 죽을 용기가 없어 어쩔 수 없이 살고 있는 나 자신이었다. 중학교 졸업 앨범을 갈기갈기 찢어서 버렸다. 한 명 있었던 친구도 학교에서 나의 위치를 알았는지 날 존중하지 않고 소중하게 여기지 않아서 절교를 해 버렸다.

같은 학년 전교생 대부분은 따돌림 당하는 나를 알았다. 중학교 2학년 때 전혀 날 모르는 애가 와서 내 옆에 있는 나의 친구에게 "쟤가 누구누구 샌드백이라며?"라고 비아냥대었다. 친구라는 애도 내가 집단구타를 당할 때나 맞고 있을 때 구경만

하였다. 지금 돌이켜보면 친구라고 하고 싶지도 않다. 그런데 그 상황 속에서도 주변에 친구들이 있었고 웃으며 장난을 치고 있었다는 게 신기하다.

친구들이 있긴 했지만 다들 방관자였는지라 스스로 왕따라고 표현하고 싶다. 어린 시절 순수하고 밝았던 아이의 마음을 무너뜨린, 이 지경으로 만든 그 새끼들을 벌하고 싶다.

내가 탈의실에서 집단 구타를 당하고 있을 때 어떤 아이는 내가 맞는 걸 보며 도시락을 먹기도 하였다. 몇몇 애들은 지금 어디에서 무슨 일을 하고 있는지 알고 있다. 마주친 적이 있었으니까. 한 번은 애견샵에 갔는데 내가 탈의실에서 맞고 있을 때 구경했던 불량한 아이를 본 적이 있다. 부모님, 나 이렇게 셋이서 애견샵에 들어갔는데 난 선글라스를 끼고 있어 걔는 날 알아보지 못했다.

그 아이는 부모님에게 친절하게 설명을 했다. 밖에 나가고 나서 부모님은 그 아이가 싹싹하다며 칭찬을 했고 나의 가슴은 무너졌다. 중학교 졸업식 때도 날 못살게 굴었던 아이에게

"네가 누구누구냐? 잘생겼네"라고 말하던 부모님을 아직 원망한다. 뻔히 날 괴롭힌 아인 줄 알면서 말이다. 21살부터 23살까지 난 항상 선글라스를 끼고 다녔다.

선글라스는 세상을 차단하는 나의 보호막이었다. 나의 슬픈 영혼이 담긴 눈을 들키고 싶지 않았다. 얼굴이 빨개지는 이유도 있었고 피부가 좋지 못했던 이유도 있다. 이 글을 보고 '난 그렇지 않아, 강해'라고 생각하진 않았으면 좋겠다. 남의 가정사와 연애사, 개인사는 함부로 말하는 게 아니라는 것도 알았으면 좋겠다. 정신과 선생님에게 5페이지 정도 상처의 자서전을 써서 보여주었는데 아무런 반응이 없어 유서가 되었다가, 이렇게 이 글이 탄생하였다.

그런 와중에도 축구가 왜 그렇게 좋았던 걸까? 축구만 하면 살 것 같았다. 그때는 운동할 때라 그런지 몰랐는데 지금 생각해보면 난 지치지 않았다. 나 홀로 밤에 나가 모르는 사람들이 축구를 하고 있으면 끼워 달라고 말하며 같이 하고, 조기축구도 끼어서 같이 하였다. 매일 그렇게 힘든 와중에도 혼자서 미친 듯이 축구공과 뛰었다. 일기에도 온통 축구 이야기만 하고 틈만 나면 축구를 하러 갔는데 부모님은 그다지 관심 있게 보지 않았다. 가장 큰 장점은 체력이 좋았던 거라고 해두면 좋겠다.

그렇게 중학교 3학년이 되고 난 계속해서 더 많은 괴롭힘을 당해야만 했다. 지금 세월이 흘러 걔들의 사진을 보면 정말로 악마처럼 느껴진다. 걔들을 모르는 아이에게 사진을 보여줘도 소스라칠 정도로.

아직도 중학교 어디 출신이냐고 가끔 묻는 사람들에게 그냥 다른 중학교의 이름을 댈 정도다. 그때도 엄마와 버스를 타고 병원을 향해 1시간 넘게 가서 도착하면 매일 몇 시간씩 기다리다 치료를 받는 일을 반복했다. 학교도 가지 않은 채….

중학교 때 축구를 할 때도 맞을까봐 플레이가 나오지 않았다. 걔들은 내 인생을 망친 것 같았다. 전부 지치는데 나 혼자 쌩쌩하게 뛰고 있었던 나의 자신이 지금 돌이켜보면 대단한 건데 그때는 당연한 줄 알았다. 오래 달리기 1등도 하고 축구공과 함께라면 지치지 않는 열정이 있었다.

하지만 고등학교 2학년 때 몸과 정신이 다 망가진 상태가 돼서야 아빠는 K리그의 전설적인 심판의 소개로 축구부를 소개해주었다.

훈련도 다 따라가고 축구부 선수들과 큰 차이도 없었지만 이제야 축구부에 소개시켜 준 아빠가 정말 원망스러웠다. 어린 시절엔 그렇게 조르며 축구부에 넣어달라고 할 때는 항상 "기다려 봐라, 넬 물어본다잖니", "축구하는 애들 중에 너처럼 통통한 애들이 있니"라며 상처가 되는 말만 했었다.

결국 엄마 아빠는 그렇게 회피하면서 축구부에 넣어주질 않았다. 내가 고등학교 2학년이 되어서야 뒷북치는 것 같았다. 나는 폐인이 된 육중한 몸을 들고도 축구부 애들에게 뒤처지지 않았다. 경기 전에는 폐인이 된 나의 몸을 보고 감독과 코치들은 "이런 무리한 운동은 처음일 거다"라며 기대를 하지 않았는데, 시합에 들어가니 모두들 나에게 놀랐다.

두 명 세 명을 제끼고 탈 압박하고 드리블하는 모습을 보면서, 시간을 거슬러서 중3때는 패스를 자기한테 안 했다고 내게 욕을 했지만 더 좋은 위치에 있는 아이에게 어시스트를 하고 크로스로 어시스트를 하고 중거리 슛으로 2골을 넣고, 일기장에 썼던 초등학교 3학년인 내가 6학년 3명과 1대3으로 축구를 해서 이겼던 일처럼 나는 축구부 입단 테스트에서 날아다녔다. 하지만 난 열등한 왕따라 아무도 인정해 주지 않겠지, 공도 차지 못하는데 좀 논다고 밀어주고 이 문화가 축구계를 망친다고 생각했다. 미성년자 때 좀 놀아본 게 무슨 자랑거리라고 밀어주나… 담배 좀 일찍 펴보고 일찍 성관계 해보고 일찍 술 좀 먹어본 게 그게 뭐 대단한 거라고… 나중에 성인이 되면 다 할 수 있는 건데, 헥헥거리기밖에 더 하나.

그런 따돌림을 당하는 상태에서도 축구를 같이 했다는 것이 얼마나 내가 축구를 좋아했으면 그랬을까 생각한다. 결국 나는 고등학교 2학년 때 축구부 입단테스트에 합격했으나 전학 문제와 내 정신 건강 문제로 축구를 할 수 없게 되었다. 도저히 뭔가를 할 수 없는 정신적인 불치병이었으니 말이다. 학교도 출석일수를 채워야하니 죽을 것 같은 상황 속에서 출석을 부를 때만 앉아있고, 가방만 놔두고 집에 간 경험이 있다. 내 속도 모르는 부모님과 담임 선생님은 속 터지는 말만 하고 혼내기만 하였다. 정말 뭔가를 할 수 있는 뇌의 상태가 아니었다. 핑계라고 하는 분들도 있겠지만 감히 그런 말은 하지 않았으면 좋겠다. 나의 당시 뇌와 바꿔서 체험하지 않는 이상….

20살이 되어 그렇게 멘탈이 나간 상태에서 경기도 유소년 축구지도자연수원에 다녔다. 일주일에 두 번씩 부산에서 경기도로 갔고, 그 상황에서도 자격증 연수를 많이 다녔다. 웃음지도자, 레크레이션지도자, 스피치지도자 등등… 현재 우울증 약에 살이 찌고 담배 중독에 몸 상태가 망가졌는데도 가끔 운동장에서 축구하고 있는 사람들을 보면 옛 생각이 나고 그리워서 눈길을 돌린다. 그럴 때는 나의 아픔을 잠시라도 치유할 수 있는 중독성 있는 걸로 풀어낸다. 유흥중독, 성 중독, 커피와 음료수 중독, 사행성게임 중독, 도박중독 등 말이다.

난 내 자신이 싫어 전신성형까지 하고 이름이 안 좋아 개명을 하고, 산전수전의 상처와 장애를 딛고 결국 지금은 작가가 되어 있다. 누군가가 나의 예전 이름을 부르면 소름이 돋고 그렇게 싫었다. 예전으로 돌아갈 것 같아서….

나의 가장 친한 친구는 나에게 이런 말을 했다. "꼬박꼬박 월세 받으며 살고 10억짜리 집에, 집도 부유한데 뭔 걱정이야?" 난 그 말을 듣고 충격을 받았다. 나의 사연을 모른다 해도 너무 날 읽지 못한 배신감도 들었다. 그 친구에게 이 글을 보여주고 싶다. 돌이켜 생각해보면 만약 내가 경제적으로 여유롭지도 못했다면 한 줄기 희망도 없었긴 했겠다.

그렇게 중학교 시절에는 시키는 걸 다 하고 무시당하고 폭행당하고 모욕적인 말과 놀림을 다 받아도 참았다. 그냥 난 이 세상에 혼자인 것만 같았다. 중학교 2년 동안 상처가 너무 심해서 부모님께 털어놨지만 정신과 병원으로만 데리고 가셨고 학교를 잘 안 나가게 하는 방법만 택하셨다. 어쩌다 중학교 때 친구랑 같이 다니면 학교 내에서 날 괴롭히는 패거리들이 끼리끼리 논다고 조롱하였다. 정말 좋은 친구인데 말이다. 지들이 끼리끼리 다니는 것 아닌가… 지옥 속에 떨어질 새끼들끼리… 후환이 두려운 사람들이 사후세계가 없다고 하겠지. 그런 사람들이 죽을 때 되면 벌벌 떨며 눈을 못 감는다.

지금 28살이 돼서 부모님에게 느끼는 건 날 위해 진작 좀 그렇게 보호해주고 분풀이해 주지, 이제 와서 왜 필요도 없는, 나 혼자 해결 가능한 일에 손 뻗고 도와주는 척 하는지 모르겠다. 물론 지금이라도 나에게 최선을 다하고 싶은 부모님의 마음을 모르는 것은 아니다. 옛날에 나 혼자 당하고 괴로움 속에 있었던 것과 나한테 못해준 것 때문에 부모님은 어딜 가면 항상 차로 태워다주려고 하고 어딜 가나 관심을 가지려고 한다.

 중학교 때는 공부 1등부터 모범생까지 날 먹잇감으로 생각했다. 공부 잘하는 아이도 정말 질이 안 좋았다. 소심하고 결정권이 없는 미성년자일 때 날 바른 길로 인도해주지라는 부모에 대한 원망 또한 있었다. 난 그렇게 당할 만한 아이가 아닌데 생각이 들었다. 왜 그렇게 두려웠을까 그땐… 초등학교 때 한 번씩 놀림 당할 때는 상처를 받아도 금방 잊어먹었다. 대응을 했기 때문이다.

 내가 쓴 것은 비교적 가벼운 학교폭력 이야기이다. 심했던 일은 도저히 괴로워 쓸 수가 없다. 사소한 게임을 해도 자기가 지면 화내니 일부러 봐주었다. 어린애 같았다. 별것도 아닌 걸로 꼬투리를 잡는다. 내가 그냥 괴롭혀서 살짝 팔을 쳤는데 나한테도 맞냐고 불쌍하다고 비아냥대었다.

사는 게 숨이 차다. 날 가만히 두질 않는다. 매일 스파링 상대를 하는 것도 그렇고 생일선물은 왜 내가 챙겨줘야 되는지, 폰은 왜 뺏어서 안 주는지… 문자한 걸 놀리면서 안 주고 그랬던 기억이 난다. 지금 보면 내가 걔들보다 정신연령이 훨씬 더 뛰어났고 더 남자답고 더 속이 깊은 아이, 포용력이 있는 아이고 멋진 아이였다고 해석하고 싶다. 다만 그땐 약해서 당할 수밖에 없었다. 동물 장례식장에서 반려견을 떠나보낸 사람들을 위로하는 강아지만도 못한 인간들….

누군가는 희생되어야 했고, 나는 예수님의 고통처럼 견뎌내고 희생하였다고 말하고 싶다. 하나님이 정말 사랑하시는 자녀에게는 예수님과 같은 고통을 주신다고 하였는데 그렇게 믿고 싶다. 나는 굉장히 우수에 젖고 슬프고 불행한 삶을 살아가고 있지만 이런 상황을 이겨내려는 내 모습이 자랑스럽다. 글을 쓰는 나의 재주도 멋있다.

그렇게 중학교 3학년 때는 학교를 조금 다니다 정신과에 다니며 진단서를 떼고 학교에 가지 않았다. 잠시… 난 소설 영화 만화에 나오는 학교폭력의 장면들을 모두 다 겪었다. 트라우마 때문에 살 수가 없다. 영화를 볼 때도 밝은 영화는 보기 싫고 대중적인 천만 영화도 보기 싫었다. 어둡고 잔인한 영화를 봤다. 파격적인 음지영화를 보면서 난폭한 아이처럼 즐겼다. 주로 〈악마를 보았다〉같은 복수 주제의 영화를 보았다.

현실적인 영화가 좋았고 판타지는 질색이었고 학교폭력을 응징하는 영화 또는 학교폭력 주제의 영화를 보았다. 그중 기억에 남는 영화는 〈응징자〉였다. 사람들에게 평점이 좋지 않아도 나에게는 좋은 영화였다. 〈폭력의 법칙〉이라는 영화도 감명 깊게 보았다. 초등학교 때 좋아하는 그녀와 우연히 만나기 위해 친구가 말했던 공원 안 배드민턴장에 하루 종일 기다렸던 기억이 있다. 책 읽으러 온다는 그녀를 기다린다고… 이런 소녀감성을 가진 내가 그들에 의해 망가졌다.

차라리 신체적으로 큰 병이라면 원인을 찾아 치료라도 할 수 있는데 이 마음의 병은 어떻게 할 수가 없다.

고등학교 1학년이 들어가고 전 난생처음 자존심이란 게 생겼다. 이제 중학교 때처럼 안 굴어야지 하면서 강한 모습을 보여주고 스스로 남자다워져야만 했다. 강해지는 연습을 많이 했다. 100미터를 13초에 뛸 만큼 날렵했고 한번은 별것도 아닌 이유로 날 주먹으로 때리려는 모션을 취하는 남자의 턱에 뛰어올라 무릎으로 칠 정도로 순발력이 좋았다. 그리고 고등학교 1학년 때는 반장도 하게 되었다.

그러던 어느 날 반여1동의 교회에서 친구에게 "야 너 중학교 때 인간 샌드백이였다며? 너 맞고 살았다며?"라는 말을 듣고 난 갑자기 트라우마가 발생했고 스트레스로 피부가 급속도로 엄청나게 나빠졌다. 혹여라도 이 좋은 고등학교 친구들이 내가 중학교 시절을 그렇게 보냈다는 걸 알게 되면 어떡하지? 라는 마음도 생기고….

목, 목뒤, 두피, 얼굴에 스트레스성 낭종도 생겼다. 한동안 머리카락도 빠졌다. 일주일에 한두 번씩 피부과에 11년 동안 갈 때마다 염증 주사에 염증을 태워내고 짜내고 하는 게 정말 고통스러웠다. 몇 년 동안 피부를 가리려 화장을 하기도 하였다.

교회란 나에게 안 좋은 추억만 주었을 뿐이었다.

25살 때 다닌 교회에서 목사는 군 면제받은 나를 보고 "군대나 가라, 눈도 닫고 귀도 닫고 헬렌켈러냐"고 조롱하였다. 신도들이 보는 앞에서 망신을 주었다. 나에 대해 모르고 내가 어떻게 살아왔는지도 모르면서, 나랑 친한 것도 아니면서 무례하다고 느껴졌다. 친구한테 말해도 나 같아도 자리를 벅차고 나왔겠다고 하니까. 나는 목사님께 장문의 문자를 보냈다. 농담처럼 넘기는 셀원도 원망스러웠다. 셀장이 맘 상하지 않았냐고 해서 태연한 척했지만 말이다. 태연한 척하면 눈치라도 있었으면 좋았겠다. 목사를 원망해서 집안이 아수라장 되고 나서 난 항상 목사님께 원망의 문자를 보냈다.

세상에서 벗어난 사회에 살고 싶었다. 딱 그날 안 가고 싶은데 자꾸 큐티학교에 가라고 강요했던 셀장이 그렇게 미웠다. 큐티학교를 수료하였는데 다들 왜 자꾸 가라고 하는지도 이해가 가지 않았다. 그것도 나한테 맞아야 가지… 딱 불길한 날이었다. 뭔가 일이 일어나는 날로 직감하였다. 오라고 집착, 강요하는 셀장을 다신 안 보고 싶었다. 그 목사의 발언은 분명히 감정이 실린 발언이었다.

마음의 병이 생겨 참고 살다 보니 화가 나면 더 이상 참지 못하고 쏘아붙이는 게 나도 괴물로 변해간다고 느낀다. 이미 치유해야 할 상처들이 가득해서 더 이상 새로운 상처가 들어갈 자리도 없기 때문이다.

결국 사람들 다 있는 데서 난 웃음거리가 되었다. 중학교 때 다닌 교회에선 너는 항상 맞고 산다고, 교회에서 신실한 신자라는 동갑내기 애가 그런 말을 했다. 걔는 중학교 3학년 때 같은 반이었다. 걔는 그런 말을 하면 안 됐다. 매일 나보고 교회 가자고 우리 집에 벨을 누르던 아이가 그러면 안 됐다. 그때 종교는 갖되 교회 사람들과는 멀리했어야 했다.

22살에서 23살 때 다닌 교회에선 나에게 피부와 살찐 것에 대해 지적하면서, 나랑 친하지도 않으면서, 나에 대해 알지도 못하면서 계속 이유 없이 시비를 거는 형이 있었다. 태어날 예정인 우리 조카를 조롱하는 발언도 했다. 분명히 하지 말라고 여러 번 이야기했는데 말이다. 그냥 편하게 대해주고 말을 편히 하라고 했던 날부터 그랬다. 나이에 관계없이 그냥 공동체 일원으로서 높임말을 하는 게 맞다. 정말 친하지 않는 이상. 말을 놓으면 함부로 대하는 것 같다.

열심히 피부관리를 했고, 10년 넘게 치료받았는데 그것도 모르면서 지적하니 죽여 버리고 싶었다. 살도 정신적인 병 때문에 찌게 되었는데 그런 말을 왜 나에게 했을까… 결국 날 알지도 못하면서 그런 말을 하는 그 형을 마구 일방적으로 때렸다. 그 교회 형을 5년이 지난 후에 서점 엘리베이터에서 보았다. 같이 탔다. 예전과 많이 다른 모습이다.

그 형은 살이 많이 찐 상태였고 고개를 숙이고 다니고 그랬다. 안 되어보였지만 나도 그런 상처 때문에 살이 찐 거라고 말해주고 싶었다. 다닌 교회 전부 교회에 대한 안 좋은 인식이 생겼다. 중학교 때 다닌 교회에선, 나와 같은 학교에 다니는 친구들이 나보고 불쌍하다고 동정할 정도였다. 23살 이후론 교회에서 받은 스트레스에 호흡곤란이 왔다. 상대방이 어떻게 살아왔고 어떤 상처가 있는지 모르면서 함부로 말하면 안 된다.

22살 때 지옥 같은 중학교 시절을 보냈던 그 동네에 있으면 자꾸 트라우마를 유발시키는 놈들과 마주쳐서 시비가 붙거나 심적으로 좋지 않아 결국엔 이사를 갔다. 텃살이 있는지 이동 수가 굉장히 많았다. 영도 신도시 반여동 센텀 수영 등 텃살이 있어 터에 따라 완전 다른 인물이 되었다. 지살이라고 바쁘게 산다는 뜻도 된다. 사주를 처음 접했을 때부터 눈에 확 들어오는 거 보니 나도 신기가 있는 것 같다. 관살혼잡이라서 그런 것일 수도 있다.

한번은 반여동에 있을 때 피시방에서 중2때 날 매일 샌드백 마냥 때렸던 중학교 때 원수, 가해자와 만나서 일부러 그의 옆에 앉았다. 제발 시비를 걸어 달라고 했는데 때마침 날 비웃길래 그 녀석을 때리고 넘어뜨려 목을 졸랐는데 걔가 그렇게 약한지 몰랐다. 너무 허무했다⋯ 내가 그 녀석의 목을 조르고 있을 때 그의 친구들이 발로 내 머리를 때리지 않았더라면 난 그 녀석을 죽였을 거다. 피시방은 카운터에 있는 알바 여자까지 전부 다 한패였다. 당연히 그 새끼가 날 이길 줄 알고 다들 말리지 않았던 것이다. 사돈은 나의 원수에게 복수한 것을 대견하다고 생각했다. 용기가 대단한 아이라고 내게 말했다. 아무나 할 수 없는 일이라고 칭찬하였다. 후환이 두려웠을 텐데, 하면서 걔가 충분히 복수할 수 있다고 해도 말이다. 그 피시방 사건 당시 싸움을 제일 잘했던 애가 나의 원수에게 다시 1대1로 한 번 할래, 나의 원수는 자기가 다시 해도 못 이길 것 같고 오래전부터 사돈을 무서워해서 그냥 아무 말 없이 고개를 숙였다. 병신같이.

그러고 난 후 피시방을 나가고 나니 자기 동료인 나를 괴롭혔던, 내가 다니던 중학교에서 싸움을 제일 잘했던 아이가 걸어오고 있었다. 내가 눈치를 채고 주먹으로 유명한 사돈을 부르지 않았더라면 큰일이 벌어졌을 거다. 그때 동갑 사돈에게 정말 감사했다. 전화 한 통에 피시방 패거리들은 기가 팍 죽으며 날 집에까지 데려가 주었다. 끊어진 내 신발을 들어주며… 난 항상 혼자고 외톨이라고 생각이 들었다. 피시방에서도 마찬가지고. 진짜 필요할 때 내 곁엔, 내 편은 아무도 없었다. 굉장히 쓸쓸해서 길거리를 한참을 걸었다. 왜 나한테 이런 말도 안 되는 끔찍한 일들이 일어날까… 귀인이 없었다. 그리고 피시방에서 나와 다투었던, 중학교 때 학교폭력 가해자였던 그 녀석이 하는 말이 자기는 날 때린, 괴롭힌 기억이 없다고 하였다.

그리고 그 녀석은 내가 고등학생인데 흡연석에서 담배를 핀 것을 가지고 우리 나이에 그건 아니지 않냐고 말했다. 자기는 중학생 때부터 피웠으면서 기가 차서 웃음도 나오지 않았다. 그리고 할 말 없으니 경찰서에 가자고 되도 않는 말을 해서 할 말을 잃었다. 괜히 자기도 만만하게 봤다가 쥐어터지니 민망한지 나의 어깨에 손을 대면서 친한 척을 하였다.

걔는 날 그때 당시도 우습게 보았고 난 때려서 걘 얻어터졌을 뿐이다. 그 병신 같은 새끼가 그때 상황이 다 끝나고 한 말은 쪽팔려서 그냥 지어내서 한 말이다. 할 말이 없으면 기억이 안 난다고 하면 끝일까? 기억나게 해주고 싶었다. 그 새끼는 중학교 때 경비원들을 골탕먹이려고 돌을 경비실 창문으로 던졌던 쓰레기 같은 인간이다.

그 새끼와 그런 짓을 같이 했던 새끼들도 인간들이 아니라고 생각한다. 그 새끼한테 잘 보이겠다고 문화상품권을 갖다 바치는 새끼들도 이해가 가지 않았다. 정말 비열한 인간이라고 생각한다. 20살 초반까지 걔는 미래 없는 아이처럼 그렇게 계속 살았다. 지금은 어떨지 모르겠지만 지가 뭔데, 지들이 뭔데 소중하고 행복할 권리가 있는 날 못살게 구는지, 피해를 준 것도 없는데 왜 나를 그렇게 괴롭혔는지, 한 사람의 인격을 그렇게까지 무너뜨려야 했는지, 분노하며 살인충동이 일어나지만 묻고 싶다. 동갑인 사돈은 같은 고등학교를 가게 되어서 식당에서 처음 만났다. 약한 아이를 괴롭히는 아이를 응징하는 멋진, 진정한 주먹이다. 그 때 날 도와줘서 고맙다는 말을 글을 통해 또 다시 표현한다.

그들이 잘되든 잘 안 되든, 잘 살든 못 살든 그건 중요하지 않다. 정식으로 자신의 잘못을 뉘우쳤으면 좋겠다. 벌은 언젠간 받는다. 나에게 한 대가는 꼭 치뤘으면 좋겠다. 내가 다녔던 중학교 때 가장 싸움을 잘했던 그 새끼가 체육교육과에 입학했다는 소식을 페이스북에서 접했다.

그런 애가 선생님이 되겠다고 생각한 걸 보니 아찔하다. 우리나라 교육계는 썩는다. 내가 그 새끼의 앞길을 막아서라도 사범대는 못 들어가게 막았어야 되었는데… 그 새끼는 꿈이 있는 아이의 꿈을 꺾으려 했고 무시했다. "니가 성공하면 어쩐다 어쩐다" 찌질한 새끼였다. 게임을 해도 지거나 안 되면 징징대고 짜증이나 내고, 병신 같은 어린아이 같았다. 아직도 지가 최고인 줄 알고 나대고 있을 생각을 하니 코웃음이 난다. 진짜 강한 자는 그렇게 행동하지 않는다. 웃기지도 않는다. "진정한 음식물 쓰레기는 내가 아니고 네가 아니겠니? 공부 잘하는 애가 뭐라고 하면 때리지도 못하는 비열하고 버러지 같은 새끼, 너 같은 새끼는 뒤지지 왜 살아있니? 약한 자만 골라서 희생시키는 병신일 뿐이야 넌…."

피해자는 나인데 난 항상 불안했고 자기위로하는 주문이나 외우면서 머릿속이 터질 것 같았다. 고등학교 당시 난 반장을 하고 있었다. 학교에 배치고사를 잘 쳐서 좋은 반에 들어가려고 배치고사를 전교 4등까지 하였다. 반장선거에 나간 이유도 중학교 때 모습을 지워버리기 위해서였는데… "야 너 중학교 때 인간 샌드백이었다며? 너 맞고 살았다며?"라는 말 등을 듣고 너무 충격을 받아 좋았던 성적이 계속 떨어지고 공부도 하기 싫어졌다. 잘하던 도덕, 영어, 국어, 체육 과목도 성적이 떨어졌다.

신은 왜 나에게 이런 애환을 주실까, 하고 원망했다.

아픈 나를 잘 봐달라고 엄마는 선물을 가져가면 다 "뭐하러 사왔냐" "너무 고맙다"라는 말과 함께 부담을 가지는 선생님이 있는 반면 마음에 안 드니 다른 걸 가져오라고 하는 선생님도 있었다. 그때만 해도 치맛바람이 통했다. 나는 고등학교 시절 책을 읽지 않았는데 교내 문학상에선 항상 수상을 하였다. 살아있는 독서를 많이 했기 때문인 것 같다. 또한 상처가 예술이되어 글이 잘 나오는 것일 수도 있겠다. 고통 없인 글도 없다.

나는 캐릭터 있다는 말을 자주 듣는다. 세상에 나와 같은 캐릭터를 가지고 있는 사람은 아마 한 명도 없을 것이다. 사람들이 나를 볼 때 가만히 있으면 다가오기 두렵다 하고, 밝은 척

하면 어색해서 사람들이 다가오지 않는다.

그렇게 밝은 척하며 포커페이스도 하고, 얼굴이 여러 개라는 건 끼가 많다는 것으로 해석하고 싶다.

예전에 성인이 되어 컴퓨터 학원에 다닐 때 같은 중학교 출신인 동생이 그 중학교에서 학교폭력을 당했다는 말을 들었다. 이기적이게도 난 그냥 "그 학교 질이 안 좋던데" 라고 말했고, 동생은 "맞아요, 형이 어떻게 알아요?" 하였다. 나는 다른 중학교 출신이라고 말하였다. 어차피 현재는 사는 동네가 다르니 들킬 일은 없었다. 너무 맘이 아팠다. 찡하고… 나는 그 이후 몇 년이 지나고 흥신소에 찾아갔는데, 흥신소 대표가 사과를 받으라고 하면서 조폭 몇 명을 지원해주겠다, 라는 말을 하는데 나는 내 꼴이 말이 아니어서 찾아가기도 힘들었다. 학폭을 했던 아이 중에 공무원이 되어있는 아이가 있었다. 그 아이가 타겟으로 삼기가 제일 좋다고 하였다.

한 번의 사과로 십수 년의 고통은 없어지지 않을 테니까, 그렇다고 복수를 하기엔 내가 외로워질 것 같았다. 옛날 피시방 사건으로 복수를 한 후 고등학교 야자 시간에 맞춰 또 다른 한 명에게 복수하러 모자를 덮어쓰고 그 아이를 기다린 적이 있다. 칼을 들고서 말이다. 하지만 실패하였다. 눈치를 챘는지 자기 친구와 빠른 걸음으로 걸어갔다.

한번은 중학교 시절에 내 사건과 관계되는 아이들이 아니었는데 도저히 입에 담을 수 없는 행동들을 말하였다. 도저히 책에서 쓸 수가 없다. 악마보다 더하였다. 갓난아기를 향해 말도 안 되는 입에 담을 수 없는 행동과 말, 그 외 성적인 행동과 말을 난 분명히 들었다. 그리고 동물학대를 하는 것도 보았다. 한번은 날 지속적으로 못살게 굴었던 2명의 아이들이 나를 집에 안 보내주기도 하였고 비어있던 우리 집에 함부로 들어와서 맘대로 굴었다. 아직 실감나지 않겠지만 자기에게 벌이 가지 않으면 자식한테 가는 걸 명심했으면 좋겠다.

그리고 18살 시절 고등학교 2학년 1학기 때도 나는 반장을 하고 있었는데, 그때는 학교에 나가긴 했지만 무슨 정신으로 나갔는지 모를 정도로 고통스러운 시간이었다. 난 중학교 때 없었던 자존심이 생겨서 더 괴로웠다. 그래도 축구 시간만 되면 다 잊을 정도로 축구를 했고 앞서 말했다시피 2학년 1학기 때 축구부에 들어갈 기회가 있었지만 당시 정신적으로 너무 피폐해지고 자살시도도 할 만큼 안 좋았다. 두서없이 아무 길 방향으로 걷다 아파트가 보여 옥상으로 올라가 자살시도도 하였다.

피가 거꾸로 솟는 느낌이었다. 머리와 얼굴이 터질 것 같이 빨개지고 열이 올라 호흡곤란과 극심한 두통이 왔다. 애들은 나의 얼굴이 진짜 빨간색이라고 놀라기도 하였다. 이후 한의원에서는 나의 병명을 찾았고 상열하한이라고 하여서 약을 꾸준히 복용하였다. 피도 잘 통하지 않았다. 몸 전신이 심하게 저렸다. 한의원에서 검사 결과 나는 불안이 너무 높았다. 우울보다 말이다.

매일 다리와 손발이 저렸다. 그 와중에 반장을 한 내 자신이 스스로 대견하였다. 2학년 2학기부터 2학기 반장을 뽑으면서 난 학교에 나가지 않았다. 1학년과 2학년 1학기 까지는 책임감 때문에, 이를 악물고 학교에 나갔다. 그 이유로 외상 후 스트레스와 공황장애와 우울증으로 대학교도 중퇴해야만 했다. 규율을 중요시하는 체대 기숙사 생활은 너무 힘들었다. 안 그래도 예민한 성격인데… 지금 생각해보면 고등학교 친구들에게 고맙다. 날 이해해주고 수용해줘서, 진정한 의리 있는 남자들이라고 생각한다.

고등학교 때 선생님들에게도 감사하단 말을 하고 싶다. 난 자부한다. 해운대공업고등학교가 전국 고등학교 중에 제일이라고, 천사들만 있고 멋지고 아름다운 학교라고 자부한다. 고등학교 친구들하고는 자주 연락하고 안부를 묻곤 한다. 자주 만나기도 하고, 공고라고 아이들이 불량하다고 생각하는 분들도 가끔 있는데 인문계 고등학교보다 훨씬 좋은 아이들이 많았다고 자부한다.

다시 생각해보면 왜 하필 축구부에 들어갈 기회는 18살이라는 늦은 나이에, 하필 그때 왔던 걸까… 중학교 1학년 때 축구를 시작했으면 중학교 2학년이 되어서 집단 따돌림 및 폭행을 당해서 트라우마에, 상처에 벌벌 떨어서 모든 일을 포기하고 싶은 맘도 안 들었을 텐데… 그렇게 혼자 고등학교 2학기 때부터 학교를 나가지 않았고 담배를 싫어하던 내가 동네 슈퍼에 담배를 사러 갔다. 슈퍼 아주머니와 아저씨는 내가 학생인 걸 알지만 너무 힘들어 보여 담배를 준 것 같기도 하였다. 교복을 입은 걸 봤는데도 담배를 주었던 걸 보면 말이다. 담배를 처음 피우던 날 이후 난 축구를 하지 않았다. 처음 피울 때 잘 맞았다. 기침도 하지 않았다.

그렇게 줄담배만 피워댔다. 그렇게 고3이 돼서 체중이 무려 30킬로그램이 넘게 찌고, 학교폭력 후유증에 시달려야만 했다. 만약 초등학교 때 전학을 안 갔더라면, 만약 중학교 1학년 때 축구부가 있는 학교로 전학을 갔더라면, 중학교 2학년 때 학교폭력에 시달리지 않았을 텐데… 이것도 아니면 최소한 만약 고등학생이 되어서 나에게 고통스러워서 얼씬도 안 하는 반여1동을 떠났더라면, 교회 친구에게 그런 소리를 안 들었을 텐데… 그래서 엄마 아빠가 미운 거였다. 용서가 안 되는 거였다. 그때 조금만 나에게 신경써주지… 그런 것.

고3 때는 화장실 간다고 하고 집에 간 적도 있고, 책가방을 들고 집으로 가려니 애들이 잡아서 책가방을 두고 그냥 택시를 타고 집으로 갔다가 영화를 보러 갔다가 찜질방 사우나에 갔다 학교 마칠 때쯤 들어갈 때도 있었고, 수면제를 들고 모텔에 들어가 약 먹고 자고 일어나서 학교에 간 적도 있었다. 피자를 사와서 먹기도 하고 담배를 피우면서 TV를 보고 씻고 나와 우울감에 누워있었다. 또 학교 상담실에 가거나 기능부에 가 있거나 하였다. 기능부에는 아무도 오지 않았다. 정 힘들면 상담실이나 기능부에 가 있어라 했던 담임 선생님의 명령이었다. 기능부에서 담배도 피우고 기능부에서 나오는 돈으로 뭐도 시켜먹고 야동도 보았다. 담임 선생님이 다행히 파워가 있어 과목별 선생님에게 다 나를 이해해 달라 말을 하였다. 난 허튼 짓은 하지 않았다. 그리고 선생님들에게 착하다는 인식이 강했고 잠시 상처로 방황하는 거라고 선생님들은 날 봐주었다. 무단조퇴와 무단결석을 많이 했지만 진단서로 병가로 결석체크가 되지 않을 때가 더 많았다. 인생을 넋 놓기 시작했다. 무서울 게 없었다. 그때 반 친구들이 날 이해해준 건 죽을 때까지 잊지 못할 것이다. 나만 특혜를 받는다고 생각해서 뭐라고 할 만도 한데 말이다. 그때는 강한 자에게 도전장을 내밀기도 하고 예술가로서의 추억의 방황이 될 거라 생각했다.

임신한 상담실 선생님과 꿈 얘기를 하기도 하였다. 선생님은 예술가가 되고 싶다는 내게 영화 〈밀양〉과 감독 이창동 이야기를 들려주었다. 그리고 나서 가족들과 〈밀양〉을 보았다. 가족과 함께 평소에 영화를 많이 보았다. 부모님의 죄책감과 트라우마를 유발시키는 작품은 피해 가면서….

중학교에 자퇴하고 검정고시를 쳐서 고등학교에 입학해도 되는데 뭐가 그렇게 괴로운 와중에 남들 보는 눈을 신경 썼을까. 자퇴하고 검정고시를 친 애들이 이유 없이 미웠다. 그렇게 당당하다면 나도 그렇게 할 걸, 이라는 생각 말이다. 방송통신고등학교에 갈 수도 있고 말이다. 사회생활을 배운다는 건 개소리다. 중학교 졸업식 때 걔네들은 내가 어떤 마음인 줄 모르고 같이 사진을 찍자 하였다. 찍고 나서 아버지가 그 사진을 보더니 내가 말하지 않아도 나에게 학교폭력을 가했던, 지독히도 상처를 주었던 3명의 아이를 지목하여 관상이 좋지 않다고 하였다.

부모님을 사랑하고 사이가 좋다가도 갑자기 그 생각이 나면 분노로 집은 엉망이 되었고 그리고 미친 듯이 후회를 하고 미안해하고 다시 분노하고를 반복하였다. 부모님께서는 나에게 정말 지극정성으로 희생적이고, 나와 붙어있는 시간이 많아 날 이해해주지만 다른 사람은 나를 이해하지 못했다. 이해하기란 불가능이었다. 세상에 나와 같은 사람은 없으니… 그러면서도 사실 타고난 밝은 성격은 죽지는 않고 어딜 가나 분위기메이커가 되었다. 집에서도 내가 개그를 담당하고 지인들과의 만남에도 내가 분위기 메이커다. 나의 개그 감각은 엄청나다. 나의 자주 터뜨리는 폭탄급 개그 드립은 다 모아놓으면 굉장할 거다. 산전수전 다 겪고 이 세상에서 나보다 더 슬픈 사람이 있을까 하는 사람이 괜찮아지고서 농담을 하면 그게 그렇게 재미있고 중독된다. 아마도 농담에 뼈가 있어서 그런가 보다. 나하고 맞는 사람은 별로 없다. 나랑 친하거나 내가 찾는 사람들은 천사다. 내가 좀 까다롭다. 아무나하고 친구를 하지 않고, 주위에 사람이 없는 건 내가 거르기 때문이다. 물론 성격이 개성있어서 그런 걸 수도 있다. 내게 다가오는 사람은 많다. 나하고 맞지 않는데 잘 보이고 싶은 사람에게는 좋은 모습과 좋은 기억만 가져갈 수 있도록 한다. 어색하거나 뻘쭘하거나 안좋은 인상을 심어줄까 봐 겁이 난다. 열 번 좋다가 한 번 잘못하면 인식이 완전 바뀌기 때문이다.

사람들은 왜 내가 힘든지 모른다. 집도 부유하고 부모님이 나에게 잘해준다고 말이다. 걔네들만 아니었다면… 밝고 정상적인 12년의 세월을 잃어버려 보상받고 싶고 밝고 씩씩하고 아주 좋은 아이의 영혼을 짓밟고 죽인 그 아이들을 벌하고 싶은 마음은 아직도 있다. 학교폭력으로 인한 외상 후 스트레스는 어떤 상처와 비교되지 않을 것 같다.

어린 나를 만나면 꼭 안아주고 싶다. 고생했다고, 대견하다고 같이 안으며 울고 싶다. 부모님도 다른 집 자식들이 평범하게 공부와 취업 문제를 고민할 때 행복한 고민이라고 생각하셨을 거고 감히 누구에게도 말하지 못할 자식에 대한 고민을 가지고 애를 많이 먹었을 거다. 난 현재 아주 예민한 증상이 있다. 불면증도 심하고 다음날 약속이 있으면 잠이 안 오고 이틀 전에 하루 밤새고 약을 먹고 자야 잠이 온다.

약을 안 먹으면 잠이 안 온다. 정신적 불치병에 걸린 나는 도전하고 싶은 일들도 못하게 되었다. 꾸준히 뭘 하려고 해도 트라우마 때문에 자꾸 중단하게 된다. 마음 속에 꿈은 많은데… 만약 내가 왕따나 학교폭력을 당하지 않았더라면 뭐가 됐을지 궁금하다. 고통이란 장애물이 없었으면… 이런 최악의 상태에서도 살려고 발악하고 희망을 가지는데, 그런 상황이 아니라면… 아니면 이런 상황이라서 발악을 하고 희망을 가지는 걸까? 언젠간 행복해지겠지 라고 막연히 생각하면서… 변명은 절대 아니다. 나는 천재일까 그냥 예민한 걸까… 그런데 그 상황 속에서도 분위기 반전을 위해, 예전의 나를 지우고 싶은 마음에 성형을 하였다.

행복한 일이 있어도, 아름다운 경치를 봐도 웃질 못하고 충분히 누릴 수 있는 환경에서 누리지 못하고 갇혀있었다. 자꾸만 떠올라서, 상처가 너무 많아 죽어버리는 상상을 해서… 여유가 없어 가정도 깨지고 불행해지고 잃어버린 13년을 보상받고 싶은 맘이 너무 크다. 나의 사주 흐름은 청년운부터 쭉 좋다고 했는데 왜 이런지… 하긴 기억 때문에 고통스러웠지 25살 이후로는 일상에서는 액을 맞지 않았다. 난 이 글을 쓰고 응어리가 찌꺼기까지 나왔으면 한다. 이 글을 쓸 때 갑자기 떠오르던 영감을 메모하였다. 잊고 있었던 기억들까지 파편처럼 떠올랐다. 글을 배우지 않고 그냥 머릿속에 있는 걸 놓치지 않는 게 노하우라면 노하우다. 글이라곤 한 줄도 쓰지 않았는데 너무 사연이 많아 글 쓰는 강박이 있다.

아버지 쪽 식구인 친가가 서울이고 전부 서울에 거주하는데 나만 부산에 있어서 그런가 하는 생각도 한 적 있다. 서울 분들은 말투가 부드럽고 항상 평온하고 여유가 있어 보였다. 부산 애들처럼 그렇게 무자비하고 비열하게 괴롭히진 않을 것 같고 그런 생각 말이다. 그냥 똑같을 확률이 높지만… 작은 엄마가 대전으로 이사를 갔는데 대전 사람들이 그렇게 순박하다고 할 때 나는 왜 부산에서 이렇게 고생을 하나 생각도 들고, 나의 고향이긴 하지만 너무 안 좋은 추억만 있는 것 같았다. 친척 중에 동갑친구가 있는데 그 아이도 서울 강북에서 알아주는 주먹이었다. 같이 학교를 쭉 같이 다녔으면 어땠을까 하는 원통함도 있다.

점점 순했던 나의 얼굴은 악의 얼굴로 변해갔다. 고등학교 2학년 2학기 때부터 완전히 얼굴이 변하더니 20살 이후에는 외모가 완전히 남성적으로 변했다. 호르몬 때문일 수도 있지만 마음을 독하게 먹어서 또 스트레스를 많이 받아 남성호르몬이 많아진 것 같다. 20살 이후로 모든 게 남성적으로 변했다. 주변 사람들에게 무섭게 생겼다는 말도 자주 들을 만큼… 뭐 건

달 같다는 말도, 마초 같다는 말도 포함이구, 정말 속상하였다. 마음은 눈이라고 나의 마음이 얼굴에서 표가 다 나니… 마음은 얼굴의 거울인가보다. 내가 그러다 보니 상처 없이 밝고 가벼운 사람이 질투 나고 싫었다. 물론 좋은 사람도 많았지만 말이다. 얼굴이 남성적으로 변하니 귀찮게 구는 사람은 없어져 그건 좋았다. 지금은 날 못살게 굴었던 애들의 악의 얼굴보다 더 악을 띄우고 있다. 상처로 인한 분노 때문이다. 걔들은 얼굴에 비열함도 같이 있지만 난 비열함 같은 건 없다고 자부한다. 왜 날 이 지경으로 만들었는지, 왜 날 그렇게 못 살게 굴었는지 생각할 때마다 살인충동이 일어난다.

20살이 되고 대학을 중퇴하고 아무것도 할 수 없는 폐인이 되었다. 매일같이 술집에 갔고 결국 유흥업소 실장으로 일하게 되었다. 내 마음이 어두워서, 밝은 불빛이 싫어서 3개월 동안 거기서 먹고 자고 하였다. 20대의 나를 4단어로 말하자면 글, 스피치 학원, 교회, 화류계였다. 4가지가 나의 20대의 전부였다. 스피치 학원에서 글과 말솜씨가 늘었다. 화류계 사람들은 표면적으로 가정사가 안 좋지 나처럼 깊이 들어가야 하는 경우는 아니었다.

화류계 사람들은 사주에 관심이 정말 많았다. 팔자가 좋지 않거나 팔자가 센 사람들은 사주에 집착하게 되어 있다. 역시 편관이 많아 사주구성이 좋게 나오지 않았다. 편관은 좋게 해석하면 성적 매력과 스타성이다. 선거에도 좋다. 내가 일하는 가게의 아가씨나 형들, 사장님의 사주를 다 봐줬는데 너무 잘 맞춰서 신기해하였다. 여자와의 1대 1만남이나 소개팅을 할 때 그리고 여자를 꼬실 때, 사주 봐주는 것만큼 좋은 게 없다. 사람들이랑 친해지는 수단도 사주만한 게 없다. 가족, 사촌 등등 엄청나게 많은 사람들의 사주를 봐준 것 같다. 사주를 재밌게 봐준다. 들었다 났다 하면서.

화류계에서 일할 때는 실장모임도 있었다. 사장님 제외 4명 중에서 말이다… 다 20대인데 50살 형님이 있었다. 도시락에 담배 한 갑에 일당 땜빵 실장을 하였다. 나를 포함한 3명은 예전에 다 그만뒀지만 그만두고도 가게에 놀러갈 만큼 서로 관계가 좋았다. 인연이 되려면 이렇게 인연이 되는구나 생각했다.

다신 안 볼 사람처럼 싸워도 다시 보게 되고 다시 찾게 되는 것 같다. 한번은 지방에서 열리는 사장님의 피부관리사 자격증 시험에 실장 형 한 명과 같이 따라가서 농담으로 밤을 새우며 웃음이 끊이질 않았고, 시험 치는 날 실장 형이 민증을 안 들고 가서 모델로 설 수 없을 때 내가 대타로 모델을 해서 시험을 치는 등의 추억을 쌓았다. 몇 달 후 내가 학원 마사지 모델 연습 후 지방 국가시험에 모델로 서게 되어서 또 많은 추억을 쌓았다. 한번은 울산, 한번은 부산, 내가 제일 먼 영주 모델로 서게 되었다. 실장 형 두 명은 그래도 가까웠지만 말이다. 모델은 마루타고 실험쥐일 뿐이지만 보람은 있다. 우리는 서로 애틋한 마음이 있다. 그리고 가게에서도 사장님이 자주 자고 가라고 해서 거기 있는 아가씨들과 나 포함 실장 출신 3명, 우리는 술을 같이 먹기도 하였다. 가게에 있는 소파와 재떨이가 있는 카운터가 얼마나 아늑한지 10시간 넘게 앉아있었던 적도 있었다. 기본 8시간은 앉아있었던 것 같다. 피부관리사 학원에서 모델을 하는데 상의 탈의를 했다. 옆에 여자 모델도 상의탈의에 수건으로 몸을 덮으며 마사지 모델을 하였다. 일부러 부끄러울까봐 옆을 보지 않으려고 했는데 화장실 가는 길에 본능적으로 눈이 갔다. 한번 보고는 보지 않았다.

웃음이 끊이질 않았다. 그들이 날 더 잘 이해할 것만 같았다. 부모하고는 통하지 않는 대화, 고리타분하고 보수적인 부모님보다는 말이다. 그때는 왜 그렇게 생각했는지 모르겠다. TV나 영화 속에 나오는 악당은 아무것도 아닌 악마 같은 중학교 애들과 비교하면 너무 행복하였다. 이곳은 어두운 뒷골목 음지의 세계에서 선한 캐릭터들만 모인 것 같았다.

물론 사건사고가 많긴 했으나… 각자의 사연으로 가게에서 일하게 된 실장 형들, 그 사연은 지켜주고 싶고 발설하지도 않을 거다. 우리는 연민의 정이 있었다. 상처가 상처를 이끄는 것처럼 하나가 되었다. 여기서 일하다 그만둔 실장 형 두 명은, 나는 놀러왔는데 내가 그만두고 일하고 있는 실장 형과 친해지고 그 실장 형이 그만두고 다른 실장 형이 일하러 와서 내가 놀러가서 또 그 실장 형과 친해졌다. 우리 3명은 하늘이 맺어준 우정과 인연이었다. 우리들은 사장에 대한 애정이 있고 미운 정이지만 잘 보이고 싶은 욕구도 있었다.

사주를 보면 나를 제외하고 '재살'이라는 싸우게 되는 살이다 끼어 있었다. 가게에서 손님들이 싸우거나 가게 직원들끼리 싸운다는 의미도 된다. 개인사이기도 하고 다 쓰려면 힘들어서 다는 표현 못 하지만 정말 이런 세계도 있구나, 이런 영화에서나 나올 법한 사람들이 있구나, 생각했다. 나도 마찬가지지만 말이다. 거기는 나의 안식처였다. 가게와 1년 넘게 연락을 끊을 때 유서를 쓰고 자살하려고 해서 연락을 끊은 건데 그때 말하지 못해 미안했다. 그리고 아무렇지도 않게, 무슨 사연이 있었는지 묻지도 않고 많이 "힘들었겠구나"라고 한마디 해준 그들에게 고맙다. 이해해줘서 감사하다. 가게 사장님은 장단점이 있었다. 오해와 실수도 있었고, 가게에 사건사고들이 많았는데 거기 있는 아가씨들이 사장님 지인들을 잘 안 보려고 하였다. 말이 나올까봐 부담스러워하였다. 그래서 그 손님은 아가씨가 대충 했다고 방에서 나오는 길에 아가씨가 나오는 순간 문을 확 닫아 버려 아가씨가 손을 다칠 뻔해 타임기를 던진 적이 있었다.

그러더니 손님이 물컵을 던져서 와장창 깨졌다. 실장이랑 아가씨랑 말다툼하다 아가씨가 실장 팔에 샤프를 찍었던 적이 있어 실장이 경찰에 신고한 일도 있었다. 아가씨는 경찰에 조사 받기 싫어서 뒷문으로 어떻게 했는지 점프해서 내려갔다. 당시 실장이 3명 있었는데 한 명은 월급을 깎았는데도 실장 2명한테는 월급을 주고 한 명한텐 주지 않아 노동청에 신고 한 일도 있었다. 명절날 월급봉투를 주려고 준비를 했다는 사장님께 정말 죄송한 마음이라고 한다. 그 이후로 가게가 어려워져 월급날이 미뤄져서 실장 2명에게도 노동청에 신고를 당한 사장님이었다. 가게가 어려워져 김밥천국에서 음식을 2개 시켜 먹었다고 눈치를 주던 적도 있었다. 하지만 직원들과 손님들의 진상을 다 넘어가주고 봐주고 뒤끝 없이 다 수용하는 점이 사장님의 장점이었다.

말실수를 해서 실장 형과 사장님이 싸운 적도 있었고, 아가씨와 싸우다 경찰을 불러 사장님과 사이가 틀어진 실장 형도 있었다. 다들 깊은 우정이 있기 전까지 한 번씩 다툼이 있었다. 그러면서 정말 친해졌다. 그 때는 실장님들이 자기들을 이용한다고 느끼고 능구렁이라고 느꼈지만 오해였다고 한다. 사장님은 결혼하기 전 연락 온 아가씨가 자기를 잡아달라고 하였지만 끝내 전화를 받지 않았다고 한다. 가정을 지키기 위해서다. 항상 유흥업을 하고 있지만 가정을 굉장히 많이 생각하는 사장님이었다.

우리 3명은 홍보대행 사이트를 보고 아가씨들 출근 시간에 맞춰 언제 오픈하는지 보고 갔다. 보기 껄끄러운 매니저가 있나 확인하기도 했다. 대문에 미성년자 출입금지와 가게 이름이 적혀 있는데 비밀번호를 누르고 들어가면 항상 사장님은 다 죽은 표정으로 나와 나를 반겨주었다. 이렇게 사연이 많은 사람을 또 찾아볼 수 없는 사장님, 그의 사연도 쓰려면 장편으로 글을 10권 이상 써도 모자랄 거다.

사장님이 피던 시즌 담배는 옛 향수 때문에 핀다. 매일 그 담배를 피며 추억에 잠긴다. 담배 취향이 나이 들긴 했어도 말이다.

사장님은 내가 먼저 간다고 하면 좀 있다 가라는 말씀을 하셨고, 피부관리사자격증 시험을 칠 때 난 마사지 모델이 아니라서 안 따라가도 괜찮은데 따라가자고 하셨고, 가게에 자주 오라고 하셨고, 보고 싶어하면서 형들에게 내 안부를 물으며 찾으셨고, 사장님이 가정사로 많이 힘들 때 나보고 가게에서 자고 가라고 하기도 하였고 서로 연락도 먼저 할 만큼 우정이 깊고 날 좋아라 하셨다.

실장 출신인 우리 3명은 단톡도 만들어 엄청난 대화량을 뿜어냈다. 이상하게 가게에 있으면 집에 들어가기 싫었다. 부모에 대한 원망 때문일 수도 있겠다. 좋을 때도 있지만 집안 분위기가 안 좋을 때가 더 많았기 때문이다. 물론 원인은 90퍼센트 이상 나의 문제 때문이었다. 나에게 상처를 줬던 아이들 때문에 내가 정신건강이 안 좋아져 집안 분위기가 안 좋을 수도 있다. 앞서 말한 가게의 모자란 50살 형님은 골초인데 줄담배를 10개비 핀다. 자기가 많이 피면 그만큼 사오면 되는데 항상 뺏어 핀다. 실장 형들과 아가씨들 담배와 나의 담배를 말이다. 나이 50먹고 말소리도 울리고 말이 많아 기가 다 빨린다. 그 형님과 같이 있다 집에 와서 바로 뻗어 24시간을 잔 적도 있다.

그 형님은 잘 때 소파에서 코를 골고 자는데 숨 넘어갈까 봐 두렵다. 사람이 너무 안 예민해도 안 되는구나 라고 느낀다. 나이가 50정도 먹었는데 바에 가서 2차가 되는 아가씨를

찾는다. 교감이 없는데 어떻게 2차가 되겠냐고 우리들은 말한
다. 항상 "2차가 안 되는데?"라고 하면서 말이다. 50이 되어서
아직 장가를 못 갔지만 자기는 장가를 가고 싶어서 국제결
혼을 하기 위해 3000만원을 모아났는데 유흥비로 다 날렸다고
한다. 유흥에 대해선 모르는 가게가 없고, 문제는 자기가 고수
인 줄 안다. 사장님은 한번씩 각자 혼자서 헌팅하는 우리랑 비
교하는 걸 보고 애들은 젊고 고수인데 자기랑 비교하는 걸 질
색하셨다. 그 형님은 장가를 가면 안 되는 사람이다. 자기는
모른다. 남한테 피해를 주는 걸, 또 남이 자기를 싫어하는 것
을… 어쩌면 제일 잔인한 정신병이 아닐까….

다들 나이값을 못 한다고 한심하게 본다. 다들 말이다. 남에
게 피해까지 주니까. 가게에 오고 싶어서 땜빵실장을 하는 것
같다. 항상 오기 눈치 보이니 말이다. 그 형님은 그 동네와 이
가게가 자기 터라고 말한다. 지나치게 말이 많았다. 1초도 쉬
지 않고 말했다. 미친 사람처럼… 첨엔 외로워서 저러는구나
하고 불쌍하다 싶어도 나중에는 짜증이 나서 같이 있지 못한
다. 더더욱 우리는 젊어서 기가 빨린다. 담배를 새 갑을 꺼내
니 나갈 때 담배 달라고 해서 담배 빈 갑을 던졌다. "나한테

배우세요"라고 하였다. 그랬더니 "3갑을 사서 없는 거다"라고
말하며 몇 가치만 달라고 해서 "그럼 4갑 사시든가 나가서 사
오시든가, 싫어요"라고 대답하였다. 삼촌뻘 되는 사람이 애들
담배 뺏어 피고 본인 뱃살이나 신경 쓰지 남의 살찐 걸 가지
고 지적한다. 똥싼 놈이 방귀 뀐 놈보고 뭐라고 하는 꼴이다.
아가씨들도 순하고 여리다. 업소라고 해서 다 여우같은 건 아
니라서 담배를 뺏기기도 한다.

가게 멤버랑 있다 다른 단체에 가면 적응이 안 되었다.

그 형님도 주위에 아무도 없었다. 전화도 안 받으면 17통씩
온다. 쉽어도 카톡이 오고 문자가 오고 전화가 온다. 지능이
낮은 사람 아니면 도저히 나올 수 없는 행동들 같았다. 실장
형이 팩트만 말한 건데 쫄려서 라이터를 던지질 않나 물이 들
어가 있는 종이컵을 던지질 않나 1대 1로 한판 붙자고 하질
않나 도저히 그런 행동들이 나이 50을 먹은 사람에게서 나온
다는 게 믿기질 않았다. 한의사 시험을 운전면허 수준과 같이
생각한다거나, 정말 수준이 낮았다. 방보고 있는데 문을 열지
를 않나…

대화도 안 되었다. 동문서답을 해서… 완전 자기만의 특이한 세계에 살고 있는 것 같았다. 실제로 자기한테 맞는 터가 있고 터에 따라 나의 모습과 위치는 완전 달라진다.

그 형님이 계속 연락 오는 게 귀찮고 싫어 수신차단을 하였는데 전화가 13통 와있었고 카톡차단을 푸니 바로 카톡이 왔다. 이런 일이 두 번이나 있었다. 그 형님은 남자고 나한테 집착해야할 이유가 없는데 말이다. 사장님과 부부사이가 좋지 않았던, 배우 장영남을 닮은 미인 사모님에게 사장님과 끝나도 나랑은 계속 가자고 했던 미친 사람이다. 가게에서 잘 때도 내가 자고 있는데 문을 열고 들어와 담배를 피고 깨우고 쉴 없이 말하고 자기가 깼다고 사장님도 깨워서 굶으면 안 된다고 국수를 먹으러 가자고 했는데 결국 사장님이 계산하였다.

그 형님은 가게와 사장님에 대한 충성심이 대단하였다. 시키지도 않는 일도 척척 알아서 한다. 가끔씩 내가 사장한테 잘 보이면 질투한다. 자기가 여태까지 수없이 자본 여자들의 다양한 성감대에 대해 말하기도 하였다. 등 쪽이 의외로 많다고 하면서… 자기는 말을 너무 많이 해서 기억도 못 할 거다. 아무튼 사장님이 그 형님보고 나한테 연락을 자제하라고 당부까지 드렸다. 그 형님의 사주에는 시주 월주 일주 년주 전부 공망이 있었다. 의미 없이 시간을 보내는 거다. 그리고 토가 없어 처복이 없다. 대신 자식복은 있어 자식은 하나 낳으라고 했다. 자식이 천을귀인이라 낳아야 한다고… 그 형님 얘기는 여기까지.

가게에서 피부관리사 시험 연습을 할 때 내가 모델을 했다. 마사지를 하다 팩을 하고 있는 중에 생각, 영감이 떠올라 잠시 기억 속에서 사라질까 봐 두려워 표현하고 싶은데 메모를 못 하니 결국 스스로 팩을 떼기도 한다. 단어의 한 글자씩 머릿속에서 외워뒀다. 내가 경험한 것들을 다 표현하고 싶었다. 저번 작품에서 미처 표현 못 한 구절을 짜깁기해서 그럴 듯하게 이어지게 만들어 표현을 하기도 한다. 팩을 떼는 순간 메모를 한다 이렇게 피부 관리를 받으니 자주 가는 토토 방 사장님이 얼굴이 좋다며 관리 받았냐고 묻기도 했다.

갑자기 영감 구절 단어 문장이 떠오르면 다 표현하고 싶은

병이 있는 것 같다. 이걸 고쳐야 내가 그나마 살 수 있을 것 같다. 더욱이나 이 작품을 쓸 때는 더 예민했던 것 같다.

드디어 사장님과 둘이서 피부관리사 시험을 치러 영주까지 가는데 너무 가기 싫었다. 돈도 안 되고 몸이 망가지기 때문이다. 보람은 있었다. 누굴 돕는다는 게 말이다. 이런 부탁을 아무렇지 않게, 물어보는 투도 아니게 하는 사장님을 잠시 원망했다. 사실 50만원 준다 해도 가기 싫었다. 그런데 사장님이 63점으로 합격했다는 소식을 듣고 정말 날아갈 듯이 기뻤다.

내가 합격한 것처럼 말이다. 사장님이 "다 네 덕분이다. 정말 고맙다."라고 하였다. 피부관리샵이나 스포츠 마사지를 차려서 생각하는 운영방식으로 운영을 잘 해서 정말 사장님이 이제부터 꽃길만 걸었으면 좋겠다. 지금까지 힘들었으니 말이다. 서로 힘들 때 위로가 되어주던 우애가 좋던 친구라고 해도 과언이 아닌 사장님, 나이 차이는 숫자에 불과할 만큼 우린 통하는 게 많았다. 정말 고생고생해서 도와줬는데 떨어지면 내가 도와줬던 게 헛것이 되고 보람도 적어지고 사장님의 나의 희생을 알지 못하였을 텐데 붙으니 정말 보람되고 감사하고 기분이 좋았다.

3번째 시험인데 그때 마침 내가 처음 모델로 따라가서 붙게 되었다. 학원에서 연습 모델을 할 때 그리고 가게에서 연습 모델을 할 때 나도 정말 힘들었었다. 글을 쓰고 있었을 때고 불면증까지 있어 시간을 맞춰 자야 하기 때문이었다. 또 간다고 하니 신경 쓰이기도 하였다. 첫 번째 두 번째 시험에 떨어져 부담이 되었을 텐데 무사히 합격하셨다. 내가 올해 화가 두 개 들어와서 합격이 되었나 싶었다. 시험 중에 유리컵을 깨고 눈썹 뽑기와 왁싱 실수를 했으나 다른 건 완벽해 합격이 되었던 것 같다. 나는 럭키가이, 복을 주는 사람이 되고 싶다. 그러면 자연히 그 복이 내게로 돌아오는 것도 있다. 금방 끊어질 인연이라 생각했는데 결국 우리 곁엔 우리가, 우리뿐⋯. 귀인이 없는 사장님의 귀인이 되어주었다. 돌고 돌아 나와 우리가 사장님 곁에 최종으로 남았다.

피부관리사 시험전날 모델에서 누워서 진솔한 얘기와 농담을 하였다. 사장님 가게 손님 중에 워킹 손님이 오픈도 하기 전에 문을 두드려 문을 안 열어주니까 전화가 왔다. "왜 두드리십니까? 아직 영업도 안 하는데. 예약제입니다. 번호가 인증되어야 들어갈 수 있어요. 두드려도 안 열어줘요"라고 하니 발로 쾅쾅 가게 문을 차면서 "이래도 안 열어줍니까? 경찰에 찔러야겠네. 찔리는 게 있으니까 문을 안 열어주지."라고 하였던 얘기도 하였다. 아로마, 떡방, 키스방은 불법이라 인증을 해야 들어갈 수 있다. 어떤 사람은 인증을 하다 112 경찰 채널 알림이가 있어 의심을 받았다고 한다.

학교에서 피부관리사 시험을 쳤을 때, 화장실에서 큰일을 보는데 휴지가 없어 휴지 좀 달라고 하였더니 제공 해주는 게 없다고 하길래 휴지가 없는 줄 알았는데 화장실 바로 앞에 휴지가 있었던 이야기도 하면서 등잔 밑이 어둡다라는 이야기도 하였다. 모텔에서 잘 때 에어컨 리모컨도 찾지 못하였는데 바로 옆에 있었던 것처럼 말이다.

자주 들었던 사장님의 너무나도 불우했던 가정사도 들었다. 가게에 모인 실장 출신인 우리도 가정환경이 불우해서, 그런 공통적인 아픈 상처가 있어서 통하는 것일 수도 있다. 다 선천적으로는 순한데 가정사가 불우한 거다. 태생적으로 악한테 가정사 핑계를 대는 건 그냥 핑계이다. 원래 그런 새끼다.

또 사장님이 들려준 재밌는 이야기는 가게에 땜빵실장 50살 형님은 대변을 보러 가는데 따라와서 얘기를 하니 사장님은 "똥 안 나와요."라고 하니 갔다고 한다. 나도 소변볼 때 따라와서 말을 건 적이 있다고 하였다. 그 얘기를 하면서 우리는 배꼽 빠지게 웃었다.

나는 작곡가처럼 음을 잘 만들었다. 그럴 듯하게 음을 만들어내는 걸 보고 웃기도 하였다. 유턴하는 데서 보지도 않고 시속 100킬로미터 넘게 달리는 차를 생각하면서 목숨이 두 개냐고도 했던 기억을 하면서 농담을 하였다. 영주까지 갈 때 네비게이션의 도착시간은 줄지 않는 말도 하면서 웃었다. 천둥번개가 치고 비가 쏟아져 차 앞이 보이지 않아 비상 깜빡이를 켰던 이야기도 하면서. 그 상태에서 운전을 하며 인적 드문 촌에 가서, 밭이 거의 다인 동네에 들어가는 장면을 생각하면서 공포영화가 따로 없었다고 우린 즐겁게 웃었다. 차도 다니지 않았다.

모텔에서 난 신경안정제와 수면유도제를 안 먹어 잠을 1시간 밖에 자질 않았다. 난 모텔에서 불을 끄고 사장님이 옆에서 잘 때 이런 생각을 하였다. 스스로 강해져야 했다. 기억을 안 하려고 다른 기억을 하고 행복했던 생각을 하는 내 자신이 처량하였다. 한 번씩 왕따 출신인 격투기 오디션 챔피언과 스타킹에 나왔던 몸이 약해서 당할 수밖에 없었던 아저씨가 강해져 방송에 나오던 생각난다. 그들을 존경한다. 그들을 보고 가볍고 비열한 인간들은 "예전에 나한테 맞았는데" 하고 가볍게 비아냥대겠지. 그들이 왜 주먹을 쓸 수밖에 없었는지 깊게 생각하길 바란다. 생각 없이 살지 말고.

이 글을 쓰면서 단어 찾기를 하면 혼자라는 단어가 꽤 많다. 그만큼 혼자서 이겨내는 시간이 고통이었나 보다. 내가 항상 마지막 작품이라고 하는 건 글 쓰는 게 괴로워서이다. 모두 다 내 아픔을 다시 표현하는 것이기 때문이다. 내 역량을 쏟아 부었다. 결과는 곧 내 그릇이다.

난 내가 그래서인지 몰라도 상처를 숨기는 것도 다 알아챈다. 다른 사람의 마음을 읽는, 다른 사람이 못 보는 심미안도 가지고 있다. 난 신기와 신병을 가지고 있다고 가끔씩 생각이 들 때도 있다.

아무튼 모텔 안에서 사장님과의 기억에 남는 대화는 모로코 노예시장이다. 시집보내려고 여자를 파는 행위다. 시장 개 팔 듯이 그렇게 앉아있다고 한다. 여자들이… 현대와 다를 게 뭘까? 능력과 외모를 보고 결혼하는 현대 결혼 문화와 말이다.

또 사장님 친구가 서양인 성매매를 하는데 서양인들과 잠자리를 할 수 있는 오피스텔 성매매업소에 대해서도 말하였다. 차로 손님을 태워서 사진과 특징을 말해주며 오피스텔까지 데리러 준다고 하였다.

또 이야기를 하다가 결혼을 앞둔 그녀와 이별여행을 했던 나의 이야기를 해주었다. 여사친과는 야한 농담을 하면서도 서로 눈치 보며 관계를 하지 않았던 사이다. 어떻게 타이밍이 이렇게 안 맞는지, 인연이 아니었다. 나와 우리 집에서 즐거운 시간을 보내고 여사친은 그 다음날 헤어졌다고 연락이 왔는데 난 그 문자를 잔다고 보지 못했다. 걔가 날 좋아할 때면 내가 애인이 생기고, 내가 그녀에게 고백하려고 하면 그녀가 애인이 생겼다. 결혼한다니 정이 다 떨어졌다. 여행을 가서 결국 잠자리를 하였다. 그녀는 진짜 바람둥이였지만 나는 가짜 바람둥이가 되어야만 했다.

그 이야기를 하다 옛날 사장님이 배를 탈 때 발파레이스 술집이라고 한국말을 하는 칠레 여자들을 얘기해 주었다. 거기서 실비아산디라는 칠레 여자를 만나 사귀기도 하였다고 한다.

배를 탈 때 연애하고 고생하고 많은 곳을 다니고 많은 사람들과 만나며 돌고 돌아 나랑 이 자리에 있는 걸 보면 나이별로 인연은 다 있나보다.

사장님이 배를 탈 때 배 위에 여자들이 엄청 올라왔다고 한다. 선장이 파트너를 한번 골라보라고 해서 6개월 동안 동거한 적도 있었다고 하고 칼부림도 난 적이 있다고 한다. 선장이 자기 파트너랑 잤다고…

사장님이 24살 때 사모님은 19살이었는데 그때 사모님이 나이를 속이고 사장님을 만났다고 하였다. 지금은 부부관계가 좋지 않지만 옛 생각을 하며 웃었다. 사모님은 사주에 금이 없었다. 남자 능력을 잘 안 보고 결혼을 잘 못한다고도 말하기도 하였다. 결국 사장님은 자수성가를 하셨지만 말이다.

그리고 10대 때 여자친구 집에 1년 얹혀살았던 이야기도 들었다. 페이스북에 그 여자 아들이 친구추천 되어 있길래 알고 보니 10대 때 얹혀살았던 여자친구의 아들이었단다.

사장님과 영화 〈싸움의 기술〉 이야기도 하였다. 그 영화를 보고 나서 나는 너무 가슴이 아팠다. 주인공의 심리를 잘 알아서… 복수하기 전까지 얼마나 많은 고통이 왔을까… 복수하고도 남은 분노, 허탈감을 말로 다 할 수 있을까… 하지만 그 주인공은 정말 존경스럽다. 나 같으면 그렇게 할 수 없었을 거다. 통쾌하였다.

사장님의 사모님과 통화하거나 일상에서의 버릇이 몇 개 있다. "스트레스 받게 하네" "되도 않는 소리하노?" "쓸데없는 소리 하지마래이" "시끄럽다 끊으라" "에!?" "조~옷 같네" 그리고 특유의 웃음소리다. 사장님은 가게가 안 되면 화풀이를 한번 씩 하기도 한다.

사장님과 피시방에 갔는데 큰소리로 말하면서 떠드는 애들이 이해가 가지 않았다. 그리고 혼자 말하는 애들도 이해가 가지 않았다. 피시방에서 알바구인 사이트에서 여자 구직자 모두에 게 쪽지를 보내 꼬신다. 퇴폐업소들은 DVD방으로 해놓는다. 꼬임에 넘어간 여자들이 얼떨결에 와서 일한다. 그러니 평범한 일반인이 유흥에 많다. 물론 면접 때 와서 일하겠다고 하는 건 본인 선택이다. 강요는 절대 없다. 일을 하고 있는 도중 안 오 거나 해도 절대 사장님은 전화를 하지 않았다. 일을 하고 안 하고는 본인 자유였다. PC방에서 사장님과 컴퓨터를 할 때도 마찬가지지만 사장님들은, 또 남자들은 예전에 축구를 잘했던 축구 자부심과 과거의 허세가 좀 있는 듯하다. 유흥사장님은 공을 뺏긴 적이 없다고 하고 토토 방 사장님은 기본 3~4명은 매일 재꼈다고 한다. 나도 마찬가지로 축구부심이 있지만 그런 자부심은 다들 있는 것 같아 재밌었다.

나는 사장님들과도 잘 지냈지만 나이가 지긋하신 영화감독과

71

도 잘 맞았다. 같은 예술 쪽이고 통하는 게 많았다. 또래를 만나는 것보다 재밌었다. 그리고 그 사람들의 장점을 내 것으로 만들었다. 다 매력적인 사장님들, 그리고 감독님들이었다.

나는 거기서 인터넷 연예 뉴스를 보고 있었는데 이런 생각이 들었다. 예술가가 유머스럽고 개그감각이 있으면 그 사람이 하고 있는 분야에서 뛰어나도 저평가 받더라. 음악 아티스트가 더 심한 것 같다. 예능 프로그램에서 재밌는 모습을 보이면 오히려 저평가를 받는다.

그리고 사회 뉴스를 보고 있을 때 요양보호사 기사를 보자 이모가 생각났다. 이모는 젊었는데 치매초기인데 요양보호사들 이모 정도도 못 보면 왜 그 직업을 택했을까 싶다. 사람 골라서 봐줄 것 같으면 요양보호사를 왜 하는지, 직업적 사명감이 있어야 할 요양보호사가 말이다.

그리고 돌팔이 의사들이 너무 많다. 이 세상에, 응급실에는 더더욱 말이다. 다형홍반이라는 피부과에서 유일하게 죽는 병에 걸렸는데 응급실에서는 수족구라고 한다. 돈이라도 적게 받

으면 되는데 돈은 또 많이 받는다. 치료도 잘 못하면서… 돈을
많이 내도 개운하고 나아진다고 느껴지는 곳이 있는 반면 그
렇지 않은 돌팔이 병원이 천지다.

난 항상 어떤 이야기와 말을 해야 할까, 어떤 표정을 지어야
할까, 어떤 모습과 컨셉을 잡아야 할까로 다 미리 대비하고 준
비한다. 상대방이 이 말을 하면 난 이렇게 받아쳐야지까지도
대비한다. 어떤 멘트와 드립을 칠까도 생각한다. 난 팔자가 이
렇게 타고났나 보다. 난 천생 작가라고 생각한다. 이야기를 들
려주고 싶은 작가… 그게 재밌는 이야기든 일상적인 이야기든
특이한 이야기든 말이다. 기질 검사에서 우울 담즙이 나왔는데
우울기질이 더 많은 것 같다. 우울 담즙은 일을 잘하는 타입이
라고 하였다. 스티브 잡스가 우울담즙 기질이다. 우울 담즙이
라 화살을 나에게도, 남에게도 던진다.

피시방에서 나오고 사장님에게 좀 걷다 들어간다고 하였다.
생각에 잠겨 가만히 못 앉아있고 집안을 몇 시간동안 서서 걸
어 다닌 적이 있듯이 밖에 나와서도 마찬가지다. 불안하고 집
안을 계속 움직이며 돌아다니며 컴퓨터 앞에 앉으면 신체 특

정 부위를 나도 모르게 불안해서 계속 만졌다. 그렇게 모텔 밖에서 음악을 들으며 걸었다… 과거의 상처를 끄집어내 유서를 쓰고 있는 나약한 내 자신은 죽었고 강한 나로 다시 태어난다는 의미의 유서 같은 작품이 되었으면 좋겠다. 약한 나를 죽이고 강한 나를 살리는 의미로… 악은 절대 선을 이길 수 없다. 언젠가는 탄로가 난다. 언젠간 무너진다. 지금은 모르겠지, 못 느끼겠지, 자신이 지옥 속으로 갈 줄도 모르고 즐거워하겠지만 말이다. 악의 분위기나 악의 사람들, 악마의 새끼인 악에 속한 모든 인간들은 타고난 거다. 원래 그런 새끼들이다. 용서를 구해도 회개하여도 소용없다. 지옥 속으로 갈 테니까… 사람은 다 시체가 된다. 몸은 껍데기일 뿐 영혼만 빠져나온다. 영혼은 죽지 않는다. 그래서 악의 사람들은 영원히 고통받는다.

괜히 태어나서 피해나 주고 상처나 주고 걔들은 태어났으면 안 되었다. 학교폭력의 피해를 딛고 일어나 사회생활을 하고 있는 많은 분들에게 존경을 표한다.

나의 학교폭력 가해자들은 아직도 어울려 지내며 똑같이 놀고 있다. 지옥인지 모르고 있다는 게 더 불행한 것 아닐까… 악마의 소굴 중학교 아이들은 중학교 때의 뇌에서 자라지가 않는다. 분위기가 음습한 불법다단계와 악질 사이비 이단종교 느낌이 났다. 가볍고 비열한 느낌마저 들었다. 그들은 미개하였다. 그들이 앞을 못 보고 다리를 못 쓰고 다 죽어가는 상태에서 내가 그의 주변에서 즐거워하는 생각을 가끔씩 한다. 그리고 그들의 몸을 도끼와 칼로 난도질하여 수중 통에 넣어 물고문을 시키는 생각도 자주 한다. 수중 통 안에서 못 빠져나와 허우적대며 죽어가는 모습을 보며 담배를 피우는 생각… 그들이 곡각살이 씌어서 고꾸라졌으면 하는 생각도 한다.

그리고 예전에 약한 나를 죽이고 싶었다. 예전의 나를 싹 제거하고 싶다. 왜 나에게는 극한으로 분노할 일이 자꾸 생기는가… 내 정신 상태는 끔찍한 일들이 생겨 화병에 못 이겨 자살하거나 살인할 정도의 상태였다. 나의 분노는 끝이 없다. 마주치면 살인을 할 것 같다. 며칠은 칼을 들고 다니기도 하였다. 그래야 좀 살 것 같아서… 왜 날 이렇게 만들었나… 난 사람들이 생각하는 분노 그 이상으로 극한의 분노를 가지고 가면을 쓰며 밝게 웃고 있는 내 모습을 한번이라도 생각해봤으면 한다. 다행이 세월이 지나면서 그 분노도 연해졌다. 그런 생각이 들어도 사랑하는 부모님, 누나, 그리고 나의 꿈인 작가가 되고 싶은 생각에 가슴이 미어져도 상처를 덕지덕지 꿰매어 삶을 유지한다.

스무 살 이후로 어느 공동체에 가도 일반인 중의 연예인으로 불렸다. 스타성, 연예인 기질은 어렸을 때부터 있었지만 말이다. 그리고 24살 이후로 하늘은 나에게 만남의 축복을 주셨다. 이렇게들 천사 같은 분들만을 만난 게 내겐 축복이다. 왜 이제서야 소중한 사람들이 나에게 오셨을까. 이제 더 이상 자기가 지옥에 있는데 지옥인지 모르는 인간들은 없었다. 나는 빛이라서 악마의 구렁텅이에서 희생당했고, 이겨낸 내가 대견스럽다.

글을 쓸 때 실제 나의 모습과 자서전이 더 어렵다 모든 걸 짜내야 하니 다 표현하고 싶어서… 사건이나 실화 이야기를 쓸 때는 정말 힘들었다. 왕따에서 깡패처럼 변해버린 내 모습이 적응하기 힘들고 혼란스럽기도 하였다. 어쩔 수 없이 살기 위해 변해야 했으니까. 이번 글은 내 상처에만 집중하기로 했다. 만약 내가 학폭을 당했을 때 처음부터 부모님한테 말했다면? 똑같았을 듯싶다. 말을 안 한 것도 아니다. 뇌가 쉬지 않는다. 트라우마가 떠올라 자기위로를 한다고… 부모님은 내가 중3 때 따돌림을 당하고 학폭을 당한다고 말하여도 완벽한 조치를 취하지 않았다. 성인이 된 이후도 고민이 있어 이야기하거나 내가 당했던 이야기를 해도 대처를 못했다. 미성년자는 부모에게 보호받아야 되는 나이인데 부모님은 날 보호하지 못했다.

그래서 사주에 집착하게 되었고 신살 풀이에도 관심을 가지게 되었다. 다들 신기해하였다. 신살을 한번 보고 다 외우는 걸 보니 사람마다 타고난 분야가 있나보다.

사주 이야기 하니 또 그 가게 형님이 떠오른다. 나는 그 50대 형님과 미운 정이 들었고 참 안됐다는 생각을 한 번씩 한다. 그 형님이 제일 웃긴 건 사주를 보고 있는데 목화토금수의 대해 얘기하고 있는데 손가락으로 달력을 가리키며 "월은?"이라고 말한 적이 있어 다 같이 웃음바다가 되었다.

또 그 형님 이름이 철수라 치면 어떤 실장 형은 "철수 형같은 사람이 있냐? 왜 그렇게 힘들어 보이냐"라고 물을 때 저는 "그냥 철수 형이 있어요"라고 해서 웃음바다가 된 적이 있다.

실장 형은 화개살이 있었다. 화개살의 의미는 예술적 재능이
스스로 빛나는 걸 덮는다는 의미다.

　남을 잘되게 해 준다, 인물이 좋다, 기생팔자다, 남들이 잘
보이고 싶어한다, 등의 의미다. 사주는 일주 월주 시주 년주
대운 세운 월운 일운으로 보면 쉽게 볼 수 있다. 나는 올해
화가 2개고 대운이다. 28살이라서… 대운은 10년만에 우주의
기운이 바뀌는 거다. 만약이지만 이번 〈유서〉 작품을 출간하
면 대박이 났으면 좋겠다.

　수(물) 기운이 있는 많은 남녀들이 나를 좋아했다. 나는 나
무를 상징하는 목 기운을 타고 태어나서 나무에 물을 주고 싶
은가 보다. 내가 금이 많고 수가 있고 편관이 많고 목이 많아
서 성적 매력이 있다고 하는데 난 잘 모르겠다. 금이 많아서
좋은 건 내친다.

　정관은 안정적으로 돈이 들어오는 것이고 편관은 불안정하게
돈이 들어오는데, 큰돈은 편관이 가져간다.

정인은 정석으로 돈을 벌고 편인은 편법으로 돈을 번다.

나의 사주는 규칙형이고 원래는 군인이나 경찰 사주다. 편인이 있어 편법을 잘 써서 비리공무원이 될 수도 있었다.

편관은 호랑이굴에 스스로 들어간다라는 뜻도 된다. 액난 애가 많다.

토는 처복이고 남편 복이다.

금 사주는 가게가 잘 되어도 하나만 밀고 나가며 강단이 있다. 열매를 맺는 기운이다. 화는 늘리려고 하는 것이다. 백종원은 화 사주다. 나는 사주에 금이 5개다. 생년월일시만 봤을 때 말이다. 화는 아예 없는데 올해 화가 2개 들어오는 거보니 책이 대박이 났으면 좋겠다. 현침 살이 있어 뾰족한 걸로 해야 살 수 있다고 하였다. 그래서 펜을 쥐고 있다. 말이나 행동도 칼이 있어 사람들이 부담스러워한다. 그냥 한 말인데도 상처를 주기도 한다. 갑신일주라 잘 풀리기 어려운 사주 구성이다. 스님이 되는 분이 많다. 잘 풀린 스타들도 있지만 난 믿는다. 나 자신을… 난 감독 형이기 때문에 지켜보고 또 지켜볼 것이다. 스스로를 매일 매시간 체크할 것이다. 사람들에게 나는 "감독 같다"라는 말을 자주 듣기도 한다.

명리학자가 블로그에서 나에게 상담을 해주었는데, 올해 대운은 상관이 식신을 끌고 오니 내 표현력이 좋다고 하였는데 정말 표현력이 좋은 것 같다. 사주는 통계학이고 철학이기 때문에 한 번씩 공부하면 스스로를 되돌아볼 수 있다. 종교가 아니기 때문이다.

난 여자나 남자나 꾸밈이 없는 척하는 것도 다 알아챘다. 만약 내가 선이나 소개팅을 보러 간다면 그 전에 상대방한테 책을 권하고 괜찮냐고 물어보고 자리에 나가고 싶다. 나의 낙천적이고 섬세하고 예민한 성격을 감당할 수 있는 친구나 연인을 만나고 싶다. 이상형은 상담사 같은 여자나 날 좋아하는 여자나 나랑 있으면 즐거워하는 여자다. 외모는 상관이 없다.

나는 친구나 롤모델이 생기면 그 사람의 좋은 점만 닮으려 한다. 그래야 그것들이 모여서 멋있어지기 때문이다. 나는 심

미안이 있다. 사람들이 보지 못하는 걸 보는 것 말이다. 마음을 읽어내는 능력이 있다.

이제 나의 삶을 받아들이고 어떤 기구한 일이 일어나도 팔자려니 하고 글을 그만 쓰고 싶다. 이러다 죽겠다. 나는 사실 남이 창작한 걸 외우는 게 더 어려운 것 같다. 내가 창작을 하는 게 더 쉽다.

뭐가 되기 위해 모든 걸 건다는 건 항상 외롭다. 작가는 자기만의 세계인 그 세계에 사람들을 초대하는 거다. 기구한 팔자가 있으면 들어내고 싶은 자가 있고 감추고 싶은 자가 있는 것 같다. 가벼운 사람은 내 책을 읽지 않았으면 좋겠다. 가볍게 해석할 것 같아서 말이다. 이해도 못할 것이고 말이다. 이해하고 반기를 드는 건 환영한다. 하지만 이해도 못하면서 반기를 드는 건 정말 거절한다.

상처야말로 마초가 되는 과정이고 상남자의 표본인 것 같다. 상처를 겪는 과정이 다 끝나면 남성적으로 변한다.

세상은 단순한 게, 뜨고 울음을 자초하고 타이틀도 생긴다. 복잡한 상처를 가진 난 어떤 타이틀을 달아야 할지 모르고 너무 기구해 대중성이 떨어진다.

기억을 지워주는 수술이 있으면 당장 하고 싶다. 다시 태어나고 싶고 이 세상에 날 모르는 사람만 있었으면 좋겠다. 상처를 딛고 일어난 지금의 성숙도나 상황 대처 능력으로 중학생으로 돌아가거나 아니면 28살로 태어나 인생을 살아가고 싶다. 대신 기억은 아무것도 없는 상태로… 가끔씩 고통이 오고 머리가 두통이 오고 열이 올라올 땐 팥빙수를 원샷해서 머리가 차가우면서 아픈 그 느낌으로 만들었다.

날 이렇게 만든 그들의 부모도 똑같은 년놈들이다. 가정을 탓하지 마라 원래 그런 새끼니까… 내 작품은 사람들이 숨어서 본다. 내 책을 보면 너무 어두워 할 말이 없어지기 때문이다. 뉴스에서 회사 내 괴롭힘 기사를 보았는데 피해자가 가해자를 불로 태워 죽였는데, 댓글 반응은 회사 내 따돌림 피해자를 옹호하고 잘 죽였다고 하는 걸 본 적이 있다. 그만큼 학교뿐만 아니라 공동체 안에서 괴롭힘을 당한다는 건 세상 사람들 모두 힘들다는 것을 다 안다. 분노가 일어나고… 분노할 때 난 미치광이처럼 괴물로 변한다. 친절한 표정 중 언제 터질지 모르는 폭탄이다.

사랑하는 부모님을 용서하려고 이 글을 쓴다. 그 외 나쁜 기억들은 씻어내려고 이 글을 쓴다. 다 퇴고해야 용서가 가능할 것 같다. 용서하기 위해 글을 쓴다. 나는 최면술 치료도 효과를 보지 못할 것이다. 상처가 너무 많고 예민해서… 상처가 한 가지인 사람이 부럽다. 내 삶이 순탄하고 평범하여 글 쓸 일이 없기를 빈다. 자꾸 불행해 글을 쓴다. 자기 몸 망가뜨리면서 글을 적는다. 눈도 많이 나빠졌다 글이, 직업이 인간을 지배해선 안 된다.

작가 지망생일 때 등단하기 전 너무 많은 생각과 표현하고 싶은 것이 많아 미쳐 있었다. 정상적이지가 않았다. 글을 쓰리라곤 생각하지 않았을 때의 뇌가 그리웠다.

어딜 가나 그냥 무던한 사람이 좋다. 크게 특별한 사람, 크게 아픈 사람을 보아도 말이다. 희생은 자기 선택이지만 말이다.

난 글을 쓰면서 처음엔 부와 명예 그리고 성공에 대한 집착
이 있었다. 보상받고 싶어 그런 걸 수도 있다. 글이란 자신의
지성의 한계를 뽐내는 게 아니고 진심을 쓰는 거라 생각한다.
그러면 결과와 자기만족이 된다고 생각한다.

잠이 안 오는 밤에 음악을 들으며 겸사 새벽기도를 간 그때
를 하나님은 기억하시고 내게 큰 기쁨을 주실까? 그땐 비도
오는 밤 꽃게들이 가득인 길을 걸었는데 참 쓸쓸하였다. 예민
하고 눈치가 빠르고 똑똑한 건 나한테는 장점이 되질 않았다.
무디고 더딘 게 더 나을 걸 그랬다. 나 때문에 부모님의 부부
사이 안 좋아진 것 같아 죄송하다.

난 혼자 걸으며 곰곰이 생각해보면 특이해서 인기는 많은데
진정한 친구는 잘 없는 것 같다. 생각이 많아 잠을 잘 못자는
데 잠자는 척을 할 때도 있다. 엄마가 걱정하기 때문이다. 자
라는 소리가 듣기가 싫을 때도 많다. 집에 가만히 있다고 스트
레스 좀 받아야 된다고 농담하던 엄마한테 좀 서운했다. 농담

이지만 말이다. 가만히 있어도 내 머릿속은 터질 것 같은데, 뇌는 쉬지 않는데 말이다.

갑자기 걸으면서도 또 트라우마가 생각이 났다. 내 휴대폰을 뺏어 같은 반 여자애와 문자한 걸 자기들끼리 돌려보며 놀려 댔다. 휴대폰을 주지도 않는다.

그리고 걔들 중 몇 명은 선생님을 조롱하였다. 강한 선생님 한텐 찍 소리도 못하면서 말이다. 비열하고 비겁하다. 1대1로 있으면 그나마 안 건드리는데 같이 있으면 가오와 허세를 부리려고 나에게 시비 거는 것 같다. 수업시간 내내 선생님을 째려본 애도 있다 조금 뭐라 했다고….

겨우 만으로 중학생이지만 13살 14살인데 여자애들이 천박한 야한 농담을 하며 웃고 천박한 옷을 입고 피크닉을 하러 공원에 와서 선생님들이 돌려보내려고 한 적도 있었다. 그때로서는 충격적인 성적 농담이었다. "엉덩이를 괴롭히는 걸 좋아한다"와 "손가락이 그거밖에 안 들어가니" "남자친구가 관계를 할 때 그 남자 물건이 컸냐고 물어봐서 너무 컸다고 했다"는 등 "넌 거기가 넓어 양년 xx같다"는 등 굉장히 성적으로 불량하였다. 성인이 되어서 그러는 건 이해가 가지만 너무 어린 나이에 그렇게 잘못된 성 욕구를 가지고 성적으로 타락하면 나중에는 성적으로 문제가 있게 된다고 생각한다. 그리고 교실에서 쉬는 시간에 성관계를 하는 모션을 취하기도 하였다. 남자 무릎 위에 여자가 앉아서 말이다.

그런 중학교 때 나에게 상처를 줬던 아이와 피부과에서 마주쳐서 그의 얼굴을 보았을 때 갑자기 공황장애가 생겼다. 걔는 나에게야말로 상처를 줬던 아이다. 그래도 어차피 치료를 해야 하니 후다닥 다녀왔다. 스트레스를 받으면 동시에 트러블은 생긴다. 마음고생의 흔적은 여드름이다. 난 고등학교를 겨우 출석일수를 채워 졸업했다.

아버지 회사에 실습을 나가게 되어 학교에 안 갈 수 있었다. 아버지 회사 회장님께도 정말 고맙다. 학교폭력 트라우마라는 게 무섭다. 한번은 이미 썼다시피 걔들이 21살 때 나의 집 앞으로 찾아와 내게 연락을 하였을 때 난 아무 말도 안 했는데 나의 표정에서 표가 났는지 사촌누나가 화장을 해주며 "같이 가줄까?" "괜찮은 거지?" "위험한 데 가는 거 아니지?"라고 재차 물으며 나의 불안을 눈치챘다. 트라우마도 올라오는 나의 상태를…

　그때도 전에 썼다시피 쓸데없는 말을 하였고 피시방에서 내가 나의 학폭 가해자를 복수했다는 발언을 꺼내며 날 불편하게 만들어서 그 말은 하지 말라고 하였다. 그 날 이후 그 다음날, 사촌누나가 내가 피범벅되는 꿈을 꿔 전화가 왔었다. 집 앞에 찾아온 3명 중 한 명은 우리 집에 강아지가 살아있을 때 중학교 때 우리 집에 강제로 놀러간다고 들어오더니 강아지를 안았다. 우리 집 강아지는 무는 개가 아닌데 그 새끼의 손가락에 피가 철철 나도록 물었다. 개도 주인을 힘들어하는 사람을 아나보다. 또 악을 아는가 보다.

　우리는 학창시절을 졸업하면서 우정의 크기나 그릇이 변한다. 학창시절과 똑같이 그 사람을 대하면 안 된다. 학창시절에 머물러 있는 인간들은 항상 학창시절과 똑같이 대한다. 그 사람이 학창시절과 같은 캐릭터를 갖고 있는 줄 알고….

집 앞에 찾아온 3명 중 한 명은 피시방 사건 때 나한테 맞은 애 패거리들이 부른 싸움을 잘하는 녀석이었다. 중학교 때 불량했던, 나를 아는 애들에게 소문이 쫙 퍼졌다. 내 사돈이 자기들도 다 아는 주먹이고, 그리고 내가 나의 학폭 가해자를 피시방에서 때려 복수한 사건을 말이다. 그 사건도 원인이 되고 사돈 때문에도 옛날처럼 똑같이 대하진 않았다. 함부로 대할 수가 없었다. 비겁하고 비열한 인간들이다. 3명 중 한 명은 소방관이 되었고 한 명은 체육교육과에 갔다고 들었다. 나머지 한 명은 모르겠다.

혼자 다닐 땐 나를 모른 척 하더니 3명에서 몰려다니니 지들이 뭐라도 된 줄 안다. 같잖다. 일진이라는 단어도 너무 유치하고 병신 같았다. 비겁한 새끼들이다. 초등학교 때 나 혼자서 5명을 상대로 싸운 적이 있다. 5대 1의 싸움인데도 난 지지 않았지만 정말 내 편은 없다 느끼고 서러웠던 적이 있다. 생각해보면 초등학교 때도 상처가 있었다.

육체적 고통보다 정신적 고통이 더 힘들다는 걸 깨달았다. 정신적인 괴로움과 피부가 빨개지는 걸 일시적으로 멈추기 위해 땀을 흘리려고 중학교 때부터 고등학교 2학년까지 몸 풀기 겸 숨 트이기 운동, 훈련으로 매일 줄넘기 1000개와 롤러스케이트장 10바퀴를 도니 정말 좋았다. 누군가를 만나러 갈 때 머리에 열을 내리려 운동을 하였다. 자꾸 빨개져서 괴로웠는데 이제는 괜찮다. 몇 년 동안은 몸도 가볍고 몸이 정말 잘 빠져서 헬스 트레이너에게도 칭찬을 받은 적이 있다. 글을 잘 쓰는 건 문장력이 좋아 글을 어렵게 푸는 게 아니고 쉽게 풀어서 쉽게 읽을 수 있는 가독성이 좋을 글이 잘 쓰는 거라고 말하고 싶다. 그런 의미에서 나의 이 고통스러운 이 글이 잘 읽혔으면 좋겠다. 글이란 해석할 감정이입의 방향이 많으나, 작가의 어려운 감정을 잘 이해하였으면 좋겠다.

그런 상태에서 학교를 안 나가도 학교 축제에 가수로 장기자랑에 나갔다. 선글라스와 은 목걸이를 끼고… 정말 너무 떨었지만 무대에 서고 싶었다. 내가 얼마나 한이 많으면 어린 나이에 글을 쓸까라는 생각을 한다.

그 동안은 나의 진심어린 과거가 낱낱이 공개되는 게 두려워 직설적으로 나의 상처라고 말하지 않고 캐릭터를 만들어 소설로 녹여 냈나 보다. 보통 사람들이 이야기한다. 내 절절한 사연을 책으로 내면 몇 권은 나올 거라고, 나도 내 사연을 적으니 빽빽한 책 한권이 되었다. 여태 출간한 책을 다 합치면 20권 이상으로 나온 거다.

그 고통을 잊기 위해 하는 행동 중에 하나인 사행성 게임 중독에 난 더 안 좋아졌다. 아이디 계정을 다 날려서 다른 아이디를 사서 또 다 날리는 같은 실수를 하고 또 계정을 사고 강화를 하였다. 계정은 주로 번개장터 아이템팜, 아이템매니아, 인벤에서 구입하였다. 가격이 천차만별이다. 똑같은 물건이 더 비싸다. 바가지가 너무 많다. 소액구단가치를 파는 사람들이 잡것이라는 생각이 들고 나도 그냥 적당히 도박하다 팔걸이라는 생각이 들었다. 게임 방송에 스케줄 신청을 하기도 하고, 다행히 현질을 하지 않아도 즐겁게 게임을 즐기는 법을 스스로 터득하였다. 기특하게도… 게임 속 귀속을 강화해서 구단가치를 올리는 방법을 찾았다. "진작 이렇게 즐길 걸, 이렇게 할 걸… 그러면 구단가치도 더 오르고 재밌는 스쿼드가 될 텐데"라는 생각이 들었으나, 나는 사행성게임으로 망가지는 경험을 한번 하였기에 깨달음과 교훈을 얻었고 저렇게 망가지지 않았다면 게임을 즐기는 방법도 찾질 못했을 테니 뭐 만족이다.

절대 자기위로가 아니고 말이다. 재미보고 교훈 얻고 뭐 이런 경험도 나쁘지는 않다고 생각한다. 잃은 게 있으면 얻는 게 있다. 백해무익한 건 없다. 책에 이런 구절을 넣어 많은 사람들이 보면 스스로도 돌이켜보고 더욱 다시 게임에 돈을 쓰지 않을 것 같아 기록한다. 날린 것도 어느 정도 위로도 되고 말이다. 부모님이 용돈을 줘도 받지 않거나 조금만 빼서 달라고 하였다. 스스로를 통제하고 있는 내 자신이 대견스럽다.

지금은 fm이라는 축구감독게임으로 대처를 하고 있다. 축구 감독의 꿈을 이 게임을 하면서 욕구를 채우고 있다. 이 게임에서도 프로토 배당이 떠서 신박하였다. 게임인데도 실제 감독처럼 속이 타고 경질되면 허무하고 하늘이 노랗게 보인다.

실제 감독들은 어떨까? 내가 이렇게 게임을 좋아하다 보니 게임을 좋아하는 여자를 만나고 싶다. 집에 컴퓨터 두 대를 나란히 놔두고 옆에서 같이 게임을 하는 거다. 음료수를 마시며… 이 글을 쓰면서 머리를 식힐 때 담배와 함께 fm을 즐겼다. 재밌게 하고 있는데 영감이 떠오를 때면 영감아 제발 떠오르지 마라라고 외쳤다. 사행성 게임, 그것이 잘못된 줄 알면서도 못 끊었던 지난날… 그 상황 속에서 통제를 한다고 힘들었던 나… 그냥 게임을 즐기는 뇌와 선수를 사서 가격이 확 올라가기를 바라는 확 터지는 도박적인 주식형 게임을 즐기는 뇌는 확실히 다르다. 내 스스로 게임을 즐기는 뇌로 바꾸기 위해 부단히도 노력하였다.

내가 글을 쓰는 이유는 이런 것도 포함해서 외상 후 스트레스를 치료목적으로 쓰는 면도 있다. 아픈 치료다. 어떤 분야든지 너무 많이 알면 요약과 편집이 어렵다. 잘라내기가 싫고 아는 만큼 다 풀어내고 싶기 때문이다. 글을 잘라내면 내 새끼가 잘려나가는 것 같은 느낌이다. 지켜만 봐야 하는 잔인한 부모가 되기 싫다. 난 어쩔 수 없는 싸리한 청년, '이상'인가 보다. 이 글을 쓰면서 치료도 되고 책도 잘 팔리면 좋지만, 치료목적으로 쓰인 것만으로도 만족한다.

나는 작가가 안 되었으면 역술가나 축구감독이나 가수를 하려고 도전했을 것이다. 내가 좋아하는 건 잘 못하고 싫어하는 건 잘 한다. 글쓰기를 그나마 잘해서 글을 쓰고 있다. 사람들이 나에게 자주 하는 말은 나에게 퇴폐적인 섹시함이 있다는 것이다. 정신력이 여러모로 대단하다고도 하였다.

나의 성격은 강박적으로 꼼꼼하고 예민해서 사기를 당하지 않는다. 뭐든지 저장하고 메모하고 증거를 남긴다. 계약 건이 있으면 캡쳐를 하고 프린터를 하고 개인 신상을 다 합쳐서 스테이플러로 찍어 보관한다.

이러한 성격 때문에 항상 얼굴 표정이나 텐션이 낮아 보인다. 글을 쓰고 있을 때 더더욱 말이다. 어두운 이 글을 쓰고 있을 때 원래도 어둡고 텐션이 낮고 좋을 때도 별로 없지만 그래도 낮은 와중에도 재밌는 아이라서 그 상황에서 개그가 나오는 나도 참 대단하다. 전에 말했듯 만약 선을 본다거나, 지인들이 내가 왜 그런 행동을 하는지 모르겠다면 이 책을 권해주고 싶다. 감당할 수 있는 남자 같으면 약속을 잡고 날 내치지 않고, 감당할 수 없으면 선을 그어 주셨으면 좋겠다. 내가 왜 이렇게 행동하지 싶은 분들은 내 책을 읽어줬으면 좋겠다.

생각해보면 나를 괴롭힌 가해자들이 우리 엄마 아빠의 인생도 망친 것 같다. 나한테 상처만 주지 않았더라면 부모님은 굉장히 밝고 재밌으신 분인데 내가 상처를 너무 심하게 받아 예민해져 부모님이 사는 게 사는 것이 아니라고 하였다. 매일 고민이 있어 새벽기도를 나가거나 성경책을 본다. 표정도 굉장히 어두우시다.

물론 개들한테 받은 상처로 인해 부모님을 원망하는 감정이 생기면 부모님에게 카톡으로 퍼부은 적도 있다. 부모님은 나에게 예전에 그래놓고 이제 와서 "그만 좀 하지"라며 마지못해 사과를 한다. 상황이 급급하니 엎드려 절 받기를 하면서 그래놓고 "사과했잖아, 그담부턴 그 얘기 안 꺼내야지"라고 하는데 항상 뭘 잘못했냐고 되묻는 주제에 사과했다고 하는 부모를 원망하기도 하였다. 천번 만번 얘기했건만 못 알아듣고 자신들의 잘못을 인정하지 않는 것 같다. "내가 화를 안 냈을 때 그렇게 사과를 해보지, 내가 이렇게 꼭 고통 속에서 책을 써야겠나" 라는 생각을 한다. "그만큼 말했으면 알아들어야지, 힘든 거, 원망하는 거 글까지 써서 보여줬는데 또 그렇게 빌면 꼭 용서를 해야 돼? 용서는 강요가 아니야"라며 행패를 부렸다.

신병 걸린 사람처럼 분노할 때도 있었다. 광기 어리게… 낚시하러 갈 때도 갑자기 떠올라 메모장에 욕설을 하기도 하였다.

학교폭력을 대처한다고 학교에 경찰을 배치하면 뭐하나? 여고생들이랑 농담 따먹기나 하고 연애나 하는데 말이다. 강해진 나로 다시 중학교 시절로 들어가 그 아이들과 부딪혀서 복수를 하고 싶은 생각도 든다. 그 아이들은 약한 아이만 희생시켰듯이 더 강한 내가 그 시절로 돌아가 자기들이 약하다는 걸 느끼게 하고 싶다.

강팀에 특화된 감독이 있고 약팀에 특화된 감독이 있다. 쉽게 말해서 그게 그릇이라고 생각한다. 다른 것도 포함이 되지만 말이다. 둘 다 뛰어난 감독도 있지만 잘 없다. 사람들은 나에게 괴짜 리더쉽이 있다고 한다. 괴짜라고 한다. 괴짜, 특이한 사람이 된 데에는 사람들이 나를 이렇게 만든 것도 있다. 상처가 괴짜를 만든다. 나는 괴물이 되어간다.

이번 사장님의 피부관리사 시험 준비하는 기간과 학원에 연습모델을 하고 또 가게에서 또 연습을 하고 그리고 시험 전날과 시험 치는 날까지 나는 이번 작품 〈유서〉를 쓰고 있었다. 하루에 24시간 동안 메모하고 글을 쓴 적이 있다. 이 작품을 하면서 글을 안 쓰고 있어도 계속 생각하고 영감을 메모한다고 쉬질 못했다. 이틀을 밤새고 신경안정제와 수면유도제를 먹고 잠이 쏟아져도 영감 때문에 자질 못했다.

신들린 듯 문장과 단어들이 생각나 미친 사람처럼 쓰고 있었던 것이다. 나도 작가생활을 9년째 하니 필력과 표현하는 창의성과 친절하게 표현하는 능력과 문장을 빨리 만들어내는 속도가 붙었다. 평소 사람들에게 상처를 감추려 또 다른 상처를 지어내고 만들어내었는데 이번 글로 탄로가 날수 있다는 생각에 비참해지기도 하였다. 특히 가슴아픈 가정사를 이야기해야 될때 상처를 또 다른 상처로 만들어내 덮었다. 학창시절도 마찬가지고 나의 진짜 상처가 들키는 게 두렵고 비참했다. 내 팔자가 하늘도 무심한 듯 슬퍼 자꾸 짜증과 화만 난다. 외상 후 스트레스의 특성상 불쾌함 그리고 안 좋았던 기억만 계속 떠올라서 그럴 거다. 공동체와 단체 생활을 할 땐 나는 지극히 여유 있는 표정으로 포커페이스를 하지만 다들 표정에서 보이는지 불안해한다. 다 보이나 보다 나의 마음이…. 다 알 것만 같은 느낌이다.

내가 작가라고 말하면 "작가 첨 봐요"라고 하는 사람이 많았다. 무슨 특이한 말을 해도 작가라고 하면 다 수용이 되는 것 같았다. 더 깊어 보이고 더 로맨틱하다고 느껴진다는 사람이 있었다. 자기 전에 영감이 많이 떠올라 편히 잘 수가 없다. 내가 죽을 것 같이 힘들게 써야 독자들이 흥미롭게 읽을 수 있고 나도 만족하고 결과가 좋다. 그리고 결과가 나빠도 다 쏟아내면 만족한다. 글쟁이는 타고나는 거라고 하지만 평생 쓰면 수명이 짧아져 단명한다. 글쟁이는 작품의 수를 정해놓고 써야 한다.

작품을 알려줘서 주변 사람들이 보면 나의 벗겨진 가면 속에 진실성과 투명함이 들키는 것 같아 알려주기가 너무 힘들다. 내 글을 보고 그 사람이 나에 대한 감정이 바뀔 수도 있어 혹여나 안 좋은 쪽으로 바뀔까 겁이 난다. 그래서 그냥 스스로가

3류 작가라고 하면서 웃어넘기며 작품을 가르쳐주지 않았던 기억들이 새록새록 생각난다. 작가가, 내 글을 너무 보고 싶어 하는 독자들에게 작품을 보여주지 못하는 건 나도 가슴이 찢어지는 일이다.

내가 실장으로 일했던 가게 카운터에서 우리가 했던 얘기들을 유튜브나 시트콤으로 제작하면 대박이 날 만큼 웃긴 일이 갈 때마다 엄청 많았다. 천박한 역 전문배우와 베드신 전문 배우가 면접보러 오기도 하였다. 여기 오고 나서 마음이 치유가 되고 영감이 떠올랐다. 영감이 떠오를 때면 괴롭긴 했지만 말이다. 24살 때부터는 정신적으로 안정이 좀 돼서 일을 그만두고 놀러가기 시작했다. 거의 매일 갈 때도 있었고 가게에 가서 하루에 두 번 만날 때도 있었다. 사람들도 나처럼 멀쩡한 척을 할까, 다들 마음은 고통스러울까라는 생각을 하면서….

가게에 일당 백수 50살 형님은 화장실에서 볼일을 보고 있을 때 손님이 아가씨 대기실에 들어가 아가씨에게 발길질을 하고 있는데도 화장실에서 나오지 않았고, 상황이 다 종료된 후에, 손님이 나간 후에야 화장실에서 나왔다. 그리고 블랙손님을 실수로 받은 거라도 해도 일부러 그랬을 듯하다. 손님과 아가씨가 들어가 있는 방을 고의로 열고 아가씨가, 카운터에 있는데 예약이 안 되고, 출근이 안 된다고 하고 전화가 와 가게에 몇 시에 오냐고 물어서 저녁에 간다고 하니 저녁에 보자고 했는데 난 낮에 잠시 갔다 왔는데 실장 형이 나 왔다갔다라고 하니 내게 전화를 해서는 더럽게 굴지 말자고 하였다. 항상 우리보고 여행가자, 같이 가자, 하는데 나이 들어서 젊은 우리 사이에 끼려고 하는 것도 보기 안 좋았다. 그 형님은 성인용품 진동기를 처음 사서 여자한테 쓰고 싶어 업소를 가서 썼다는 둥 반응이 좋았다는 둥 음담패설을 하기도 하였다. 그 형님이 그러니 더러웠다. 우리가 사주 얘기 토토 얘기를 할 때 사주, 토토에 대해 모르면서 계속 끼어들어 자기 것도 봐달라고 하고… 가게에 그 형님만 없었으면 하고 소원을 빌 정도였다.

구두쇠 꼼쟁이 그 형님은 정말 돈을 안 쓰는 사람인데 우리 둘한테 타이마사지를 썼다는 건 우리랑 정말 잘 지내고 싶다는 거였다. 한 실장 형은 그 형님이 사온 커피도 거절할 만큼 그 형님을 증오했다.

그 형님은 제외하고 매니저와 우리 실장 3명은 단톡방을 만들고 가게에 매일 놀러가던 시절에 잠깐 교회도 같이 나갔는데 빛이 어색하고 싫었다. 환환 빛이 싫었다. 어느 순간부터… 밝은 분위기가 이상하게 나와 다른 세상으로 보였고 그 사람들과 섞이지 못했다. 누구와 있느냐, 어느 장소에 있느냐에 따라 나 자신은 완전히 180도 다른 사람이 되어 있었다.

어둠은 정이 들었고 빛은 좋아지려 하는데 아직 내겐 사치인가 보다. 밝고 정상적인 사람을 만날 때면 고독해지는 건 무엇일까, 아마도 난 그렇지 않은데 그렇게 보이려고 가면을 써서 지쳐서 그런가 보다. 내 진짜 모습을 그대로 보이면 사랑을 못받을 것 같아서 그런가 보다. 그래서 '척'을 하나 보다. 혼자 있는 게 편하면서 외로운가 보다. 그렇다고 사람들이 많은 곳에 가면 두려움이 생기나 보다. 각자 가슴 아픈 사연을 말 안 해도 무언의 공감대를 나눌 수 있는, 그 음지 속에서 또 행복이 있는 그런 사람이 난 좋은가보다. 그리고 편한가 보다. 마치 상처가 상처를 이끄는 것처럼. 나도 많이 지쳤는가 보다. 나도 참 피곤한 사람인가 보다.

폭우가 오는 비를 맞으며 5시간 동안 슬픈 음악을 들으며 묵묵히 옛 생각을 하며 걸었던 기억도 있다. 음악 치료라고 해야 하나…

사랑하는 사람을 만나러 가는 날 새벽에 맨 처음 썼던 글이 있다.

"오늘은 그녀를 드디어 만나는 날… 떨린다. 나는 특유의 새벽공기를 맡으며 옵션으로 상쾌한 음악을 가볍게 들어주며 조용한 호숫가 공원과 차도 사람도 없는 길거리를 걸으면서 떨리는 마음을 진정시킨다. 새벽 1~4시 정도는 공원에 사람이 거의 없지만 조용하고 고요한 분위기가 너무 좋다. 걷다 보면 많이는 아니지만 다양한 사람들이 눈에 띈다. 노부부가 손을 꽉 잡으며 자식 걱정하는 모습이 먼저 눈에 보인다. 자식 걱정은 평생이라더니 역시나… 그녀와 나의 30년 정도 후의 모습 같기도 하다. 또 큰 시련이라도 겪은 듯 고개 숙이며 걷는 한 남자는 내 과거를 보는 듯하다. 맥주 한잔하며 긴 나무 의자에 혼자 앉아 있는 중년의 아저씨들도 보이고, 사랑하는 사람을

만나기 전 떨리는 마음을 진정시키는 나를 포함해 유독 새벽에 걷는 사람들은 사연이 많은 사람들이 대부분인 것 같다. 그들과 눈을 마주치며 무언의 공감대를 형성한다. 이렇게 오늘도 세상은 멋있게 아름답게 돌아가고 있다."

나는 이 글을 아직도 버리지 못한다.

이번에는 나의 성인이 된 후의 상처를 승화시키려 한다. 제2의 상처다. 21살 때 휴대폰 다단계업체에, 다단계인지 모르고 가입해서 사기를 당한 적이 있다. 거기서도 좀 따졌다고 내 머리를 밟으면서 제압하고 모욕을 주고 경찰이 와도 나의 애기는 듣지도 않고 업체 편을 들어주는 거다. 그 사건으로 담뱃불로 내 손등을 자해하였다. 살도 많이 찌고… 그때 후유증에 몸이 불어나 복부지방흡입술을 하였다.

휴대폰 다단계 측에서 꺼낸 사기 계약서에 도장도 내가 찍지 않고 다단계업체 간부가 찍었다. 머리를 밟히고 폭행당하고 비웃음이나 당했다. 경찰도 한패였다. 내 애기는 듣지도 않고 다단계 대표이사가 칼을 가지고 날 위협했다는 것도 무시하고 CCTV 확인도 하지 않았다. CCTV가 없다고 하니 칼을 찾으러 가지도 않았다. 완전 바보 취급 받았다. 혼자서 얼마나 외롭던지 왜 내 곁엔 아무도 없었던 건지, 며칠 뒤 식칼을 들고 찾아갔지만 그 회사는 빈 상가였다. 그때 당시 상황이 종료되고 경찰도 퇴근하고 난 그 다단계업체를 나와 식칼을 사서 들어가서 목을 찌를 생각도 하였다. 그 사건이 지나간 후 영화 <신세계>가 개봉하여 그때 있었던 일을 부모님에게 말하지 않았을 당시 영화를 보러갔다. 영화에서도 다단계업체가 나와 난 트라우마에 고통스럽게 영화를 봐야 했다. 그 가게가 망했든지 사기 쳐서 도망갔든지 다른 곳으로 옮겼든지 모르지만 말이다.

그 이후 스트레스를 너무 받았는지 예전에는 성욕이 정말 왕성하고 혈기가 넘쳤는데 트라우마 때문에 성욕이 생기지 않고 외상 후 스트레스 장애가 생긴 지도 오래 되었고 우울증도 더 심해져 신경정신과 약을 오래 복용하자 식욕만 늘어나고 약을 먹고 자려고 하면 뭘 많이 먹어야 자고, 성욕이 거의 없어지고 성기능이 약화되어서 비뇨기과에 갔던 적이 있다. 비뇨기과를 갔는데 "어떻게 오셨어요?"라고 끈질기게 물었다. 손님들 다 있는데 난 포경수술을 한 이후로 비뇨기과는 가지 않았는데 답답해서 간 것이었다. 23살부터 성욕이 다시 또래만큼 왕성해지고 지금은 괜찮지만 그때는 내가 의사도 아닌 실장에게 상담을 받고 나가는데 수군수군대는 웃음소리가 들렸다.

그 날 이후 "환청이야 괜찮아", "그 사람 아니야, 나 아는 사람 아니야, 나보고 웃은 거 아니야" 라고 8년간 자기주문을 외웠다. 확인할 수도 없는 고통이었다. 남성으로서 정말 수치스럽고 자존심이 상하였다. 예의 없게 느껴지고 엄청난 분노와 상처를 받았다. 비뇨기과에 용기내서 성인이 되어서 첨 가본 건데 그런 모욕을 당한 나도 운이 없었다. 난 그렇게 비뇨기과와 폰 가게와 피시방과 교회에 대한 트라우마가 깊어졌다.

그 네 군데 장소는 잘 안 가게 되었다. 폰도 웬만하면 잘 바꾸지 않고 어쩔 수 없이 폰 가게에 가야 하면 누나나 엄마가 대신 가주었다. 10년 넘게 정신과 약을 먹고 고통 속에 치료받는 내 자신에게 물었다. "내가 왜 치료를 왜 받고 있는 거지?"라고. 가해자가 치료를 받아야 되는 것 아닌가 하는 살인충동이 일어나 칼로 그들의 얼굴을 수십만 번 찌르고 싶을 정도의 분노가 일어났다. 내 인생을 망치고 또 이렇게 상처를 끄집어내게 하는 고통을 준 것에 대한 분노였다. 기억력이 좋고 예민한 내 성격이 싫기도 하였다. 차라리 멍청해졌으면 좋겠다. 멍청하고 바보면 이용당하고 소심하고 맘이 약해도 이용당하는 건 똑같지만 말이다.

아직도 내 가슴 속에 남는 일은, 중학교 때 그들이 나의 집 앞에 찾아와 나를 불렀는데 사과는커녕 조롱하려고 왔으나 내 이미지가 중학교 때와 180도 달라져서 가지고 놀기 재미없으니 그냥 갔던 기억이 있다. 나는 사과를 받고 싶어서 나간 거였다. 혹시나 했는데 역시나 사과를 하지 않았다. 지금은 내가 강해진 걸 알았나, 아니면 또 다른 희생양을 찾았나, 21살 이후에는 연락이 없다. 그 집 앞 놀이터에서 본 이후로 마음속엔 분노로 가득 차 있다. 난 두려울 게 없다. 유서라는 작품을 집필하게 된 이상⋯ 나는 상처투성이다.

그들은 또 나의 상처를 꺼내 재미삼아 이야기하면서 아무렇지도 않게 중학교 동창회 나오라는 말을 한 것에도 엄청난 분노가 일어났다. 무서워서가 아니고 그들을 만날까봐 두려웠다. 예전에는 고개 숙였지만 지금은 죽일 자신이 있어서다. 아마 나를 괴롭혔던 아이를 때려 눕혔다는 이유로 찾아왔을 거다.

갑자기 내가 생각나서 보고 싶다는 되도 않은 소리를 했을 때 살인충동이 일어났다. 전화가 왔을 때 뭔 좋은 기억이 있다고, 나랑 친한 것도 아니면서 뻔뻔하게 나오라고 하니 사과를 기다리고 있었는데… 나하고 친한 중학교 친구를 말하라 해서 그냥 말했더니 딱 기억해 났다고 하는 개를 보면서 인간이 아니라 악마의 탈을 쓰고 있다고 생각했다. 그들은 정신연령이 중학생 때에서 자라지가 않았었다.

그런데 정말 억울한 건 주변에 강한 사람이 왜 이제야 나타나기 시작했는지, 왜 나는 그분들에게 그때 속사정을 얘기하지 않았을까 라는 생각을 했다. 사장님의 친구인 부산 최대 조직폭력배 부두목과 격투기 챔피언, 부산 의료계의 재벌 사촌형, 경찰간부 사촌형, 병원장 사촌누나, 변호사인 친척 형, 기업회장 그 외 많은 권력을 지닌 사람들이 나에게 다가오기 시작했다. 사돈은 왜 고등학생이 되어서야 만났을까 라는 원통함도 있었지만 그래도 고등학교 때라도 만난 게 다행이었다. 사돈을 미리 알았더라면 나에게 가해를 가했던 아이들을 사돈은 나를 위해 날 때린 레슬링부였던 아이에게 갚아주었던 것처럼 갚아주었을 거다. 그런데 고등학교 애들은 너무도 착했다. 그래도.

사돈과의 관계를 알게 된 그 이후로 날 건드리는 애들은 없었다. 반장도 할 수 있었고 학교다운 학교를 다녔다. 사돈은 나의 중학교에서의 불량했던 애들도 다 알아서 중학교 때부터 사돈을 알았더라면 중학교 때도 학교를 편하게 다녔었을 거다. 학교다운 학교를 다녔을 것이다. 내가 모교인 중학교에서 나를 괴롭혔던 애들은 사돈을 무서워하였다. 중학교 때 사돈을 만나지 못해서 원통한 세월을 보냈다. 왜 학교폭력에 관한 법은 왜 이제야 좋게 개정이 되었는지도 억울하다.

이제라도 강해지고 떳떳하게 살고 있고, 좋은 사람들만 만나는 것도 복이지만 말이다.

학교폭력만 아니였으면 나는 정상적인 생활을 하고 있을 텐데 갑자기 날 나무 베듯 날 못살게 굴었던 아이들의 연락이 끊겼을 때 난 부유해지고 겉보기에는 굉장히 좋게 보였다. 그 전에 부유해져서 질 좋은 동네로 이사 가고 그 동네에는 안 갔었더라면, 초등학교 6학년 때 이사와서 전학을 가지 않았더라면… 그 당시에는 난 겉보기에도 초라했으니 원통하다. 지금의 강해진 나를 과거로 돌아갔을 때 나는 정말 잘 대응할 자신이 있는데 그 땐 왜 그렇게 약했을까… 아마 상처들을 많이 겪다보니 강해진 것 같다. 학교폭력 피해자는 연구결과, 충격에 지능이 낮아진다고 하였는데 난 나 스스로 정신을 차리고 강해져 오히려 지능이 올라간 것 같다. 이겨내려고 무척 애를 썼다.

웬만한 일에는 끄덕도 하지 않을 정도로… 돌이켜보면 난 사주상으로 나는 나무이고 사람들이 나무를 도끼로 치고 베려고 하는 형상이지만 엄마가 나를 막아서고 있다는데 그것이 많이 와 닿았다. 나에게 편관과 망신살이 끼어있는 것도 와 닿았고 난 터에 따라 달라진다는 것도 와 닿았다. 나는 연산동 여자랑 잘 맞았다. 겁살이라는 뺏기는 살도 있다는 것도 와 닿았다. 내 영혼을 빼앗긴 기분이다. 초년운이 매우 안 좋고 현침살이 있어 뾰족한 것을 업으로 해야 살수 있다고 했는데 펜을 잡아서 그나마 살고 있는지도 모르겠다. 다행이 청년운과 장년운, 말년운까지 모두 매우 좋다고 나왔다. 초년에 액땜했다는 것 치고는 너무 고생을 해서 앞으로 나갈 수가 없는 지경이다.

글을 쓸 때면 고통스러워 더 이상 쓰지 않기 위해 내 작품

목록이 쓰여 있는 명함을 만들고, 또 고통 속에 글을 쓰게 되면 또 명함을 바꾸고 반복되었다. 글을 다 쓰면 아픔이 씻겨나가는 느낌과 동시에 쓰지 못했던 것들을 후회하는 증상이 있었다. 이 글을 끝으로 아픔이 모두 씻겨나가 더 이상 글을 쓰지 않았으면 한다.

정말 나쁠 수도 있는 생각이지만 '나영이'는 전 국민이 가해자 조두순을 경멸하기라도 하지, 나는 여러 명의 원수가 있고 상처투성이고 바늘로 덕지덕지 꿰맨 상처들이 많다. 그 사람이 어떤 깊은 사연이 있는지 모르면, 어떤 안 좋은 팔자를 가졌는지 모르면 함부로 오지랖 부렸다가 분노를 일으킨다는 걸 명심했으면 한다.

축구를 한창 할 때는 단순한 뇌였는데 트라우마가 생기고 난 후부터 소외되는 아이, 방어적인 아이로 변하였다. 예전에 나 자신을 죽이고 싶다. 강해진 내가 너무나 연약하고 약한 과거의 나를 용서할 수 없다… 현재 나의 지인들은 과거에 내 모습을 알면 굉장히 놀랄 것이다. 나를 다르게 볼 것이다. 동정하거나 무시하는 사람도 있겠다. 아픈 것에 무뎌지는 내가 불쌍하다.

언제나 난 혼자여야만 했고 그 두 번의 충격으로 결국 살이 120킬로그램이 넘게 쪘다. 차라리 죽는 게 더 나았다. 그럼에도 불구하고 살아보려고 발악을 했다. 복부지방 흡입수술을 하고… 라식수술, 눈코성형, 피부레이져, 닥치는 대로 했다. 전신성형을 하고 개명까지 하고… 그 전의 나는 지워버리고 싶었다. 맘속 깊이 박혀있던 안 받아야 되었을 상처와 모욕감들이 너무 많았고, 마음 속엔 살인 충동까지 느끼는 분노로 인한 화병과 우울함이 있었다.

도박중독에도 걸렸다. 합법이었지만 말이다. 원래 도박하는 성격이 아닌데 여러 가지 정신적인 장애로 의지할 데가 없어서 시작한 것 같다. 보통 도박을 끊고 나면 돈을 날린 것만 생각하는데 끊었을 때 얻은 교훈, 정신적인 성장 그리고 기대와 설렘, 재미를 봤던 건 생각하지 않는다. 그 값어치도 생각해야 한다.

사행성 게임도 소액결제 0원으로 차단해놓고 다신 안 한다고 다짐했는데 다시 소액결제 한도를 늘리고 엄마가 준 신용카드도 이용해 사행성 게임을 하였다. 수없이 많이 띄워도 보고 날려도 보고 토토도 마찬가지, 벌어도 보고 잃어도 보고 거기서 삶을 배운다. 결국 토쟁이지만 말이다. 삶을 배팅하면서 배운다. 아빠는 충전을 아무 불만 없이 해주었고 엄마는 날 믿었다. 실제로 1년 넘게 안 하던 시절이 있었다. 다 시기가 있고 때가 있다고 때가 되면 안 한다고 하였다. 엄마 아빠는 내가 잠시 여기에 방황하는 거라고 선은 지킬 거라고 믿었다. 믿음에 배신하고 싶지 않아 단번에 끊었다. 나는 세상에서 가장 천사인 부모님을 너무 사랑한다. 맘에도 없는 소리로 상처를 준 점도 미안하다. 사행성게임을 하는데 아빠가 아무 말 없이 충전을 해준 이유는 나한테 미안해서 해주는 것 같다. 바빠서 함께 시간을 보내지 못해서 말이다. 난 그거에 대해 아무렇지 않은데 나에게 미안해서 그런가 보다. 어릴 때 내가 힘겨울 때 아빠가 함께 하지 못한 것도 있을 것이다. 나도 충전해달라고 할 때 눈치를 정말 많이 보았다. 기분이 찝찝하고 말이다. 미안하기도 하고… 게임 속 돈은 다 합쳐서 800억 이상 잃었다. 트레이드와 강화로 그걸 메꾼다고 캐쉬를 충전하고 그랬다.

지금은 평범하게 게임만 하면서 즐긴다. 구단가치가 800억 이상이면 현금으로 환산하면 엄청나다. 사행성 게임에 투자해 잃은 돈은 말도 안 되게 컸다. 독하게 마음을 먹고 끊었다. 어 플도 지우고 게임을 다 지웠다. 어플 사업을 하다가 사기를 당한 적도 있다. 예전엔 다 날리면 계정을 다시 샀는데 이젠 그럴 맘이 싹 없어진다. 거의 다큐멘터리 프로에 나와도 될 만큼 끊는 과정이 드라마 같았다. 이 글을 쓰면서 극심한 스트레스를 받아 잠시 손댄 적도 있다. 다 잃었지만 말이다. 아빠에게 손을 벌렸는데 그 날 아빠에게 변명 아닌 이유를 말하며 정말 미안하다고 사과하였다. 이제부터 날 믿어달라고 도박성이 없는 건전한 취미를 즐기고 건전한 삶을 즐긴다고 약속하였다. 나도 눈치를 엄청 본다는 걸 아셨으면 좋겠고 버릇없는 게 아닌 걸, 생각 없다는 게 아닌 걸, 말하고 싶었다.

아빠는 너그럽게 날 이해해주고 아무렇지도 않게 날 수용해 주었다. 후회스럽고 둔해지고 싶다. 이 글을 퇴고하면서 백치미와 단순함 그리고 둔함을 가지고 싶다고 생각했다. 1순위 목표는 돈을 쓰지 않고 게임을 하는 것이었고 2순위 목표는 게임하는 시간을 줄여 나가는 것이었다.

한창 토토를 할 때 스포츠토토, 프로토, 야구 스페셜 등 토토방 사장님 및 손님들과 픽 공유를 하고 토토방 사장님 사연을 듣고 같이 얘기하였다.

토토방 사장님과 얘기한다고 3~4시간 동안 앉아 있었던 적도 있다. 음료를 서비스로 계속 주면서 내게 잘해줬다, 도움되는 얘기도 하고 토토 판매점을 창업하는 방법을 설명해주는 등, 토토는 유흥사장님이 해보라고 권유하셔서 하게 되었다. 픽을 찍어놓고 심부름 시키면서 내 것도 사주셔서 그때부터 하게 되었다. 돈을 많이 날렸다. 예전에는 경기 보려고 잠이 와도 참고 봤는데 며칠 지나니 그냥 잔다. 토토 경기는 계속 잃으니 무감각해지고 해탈의 경지가 왔다. 원래 축구를 좋아했지만 토토로 더 많이 알게 되었다. 항상 하나씩 틀린다. 5폴이면 4개가 맞고 4폴이면 3개가 맞는다. 너무 억울하였다.

기억에 남는 일로는 토토방 사장님이 제게 삼성전자 주식을 사라고 추천한 일이 있었다. 토토방 사장님은 주식과 토토를 즐겨 하였다. 언젠가는 축구 토토 승무패 1등이 되겠다는 마음을 가졌다. 당첨자가 많이 안 나올수록 상금이 커지고 이월되면 상금이 더욱더 배가 되니 억대부터 몇십억까지 걸린다 생각하면 끊기 어렵겠다. 합법적인 도박이지만 언젠가는 끊는다 하면서도 하게 되었다. 승무패 1등이 된다면 또 명함에 적을 것이다. 한번 승무패 4등이 당첨이 되었는데 천 원짜리 한 개를 했는데 4등이 되었다. 하지만 상금은 2280원, 그것도 다음 주 금요일에 찾으러 오라고 하셔서 짜증이 났던 적도 있다.

모든 걸 건다는 건 외로운 거다. 다시는 도박성이 있는 모든 걸 하지 않겠다고 다짐은 하였다. 노름쟁이들이 단명 하는 것처럼 글쟁이도 단명할 것 같으니 도박이라도 하지 말아야 수명이 덜 줄어들겠다.

1000만원에 1.3배에 도전한 적이 있는 토토방 사장님의 일화도 들었다. 옛날에는 10만원 이상 할 수 있었다고 한다.

피가 다 마르고 몇 초 남겨놓고 골 들어가 그 이후 도박 끊었다고 한다. 결국 땄다고 하였다. 토토도 조작경기가 많다. 페널티킥을 정중앙으로 새게 찬다든지, 빈 골대에 골을 못 넣는다든지, 퇴장을 당한다든지, 일부러 골을 안 넣는다든지, 이것도 조작 세계가 있을 거다. 감독 및 선수 및 심판들 그리고 그들과 관계된 불법 토토 사이트 회장도 있을 거다.

내 성격에 중독이 될까봐 토토를 하지 않았는데 어쩌다 그렇게 됐는지 알 수 없다. 부모님은 다 때가 있다고 기다려주셨다. 내가 힘든 줄 알고 지갑에 손댄 것도, 엄마 휴대폰과 휴대폰 케이스에 손댄 것도, 가방에 손댄 것도, 아버지 옷 주머니에 손 댄 것도 다 모른 척하셨다. 정말 죄송해서 한번은 무릎 끓고 용서를 빌면서 눈물을 흘렸다. 도박을 하려고 소액결제를 하거나 돈을 충전하거나 배팅을 하면 난 정말 괴로웠다. 이런 내가 주체가 되지 않아 힘들고 뒷감당 할 생각하니 더 고통스러웠다. 매일 트라우마에 신경성두통으로 힘든 내가 잠시라도 고통을 잊으려 엄청난 실수를 하고 있었다.

어마어마한 돈을 잃었기 때문이다. 그 이상 했으면 나의 집은 물론 나도 패가망신했을 거다. 토토를 안 하던 때 피부과 갔다가 주차장에서 똥을 밟은 바람에 머리를 깎고 스포츠마사지를 받고 샤워하고 토토를 사러 갔다. 사장님은 "작가님 맘에

준비를 단단히 하셨네, 삭발한 걸 보니" 그래서 난 "똥까지 밟았습니다. 재수 좋겠죠?" 그랬던 기억이 있었다. 알고 보니 그냥 똥 밟은 거였다. 제일 짜증나는 건 내가 승리를 건 팀의 선수들이 속 터져 죽겠는데 '따봉' 하는 것이었다.

심리적으로 힘든 나와 같은 사람이 내 책을 한번 보았으면 좋겠다. 우리 동네 편의점 사장님도 굉장히 심리적으로 힘든 게 내 눈에는 보였다. 동전을 지폐로 바꿀 때 동전을 안 세어보고 지폐로 바꿔준 점이 너무 고맙다. 그만큼 사장님의 그릇이 되고 날 믿기 때문이다. 스피치학원에서 예전에 유서쓰기라는 프로그램이 있었는데 그땐 와 닿지 않았는데 지금 쓰니 와 닿는다. 피아졸라 망각이라는 노래를 들으며 난 울기도 하였다. 사람은 망각의 동물이고 잊어야 살 수 있는데 난 잊질 못한다. 그래도 노력할 거다. 망각하도록… 약을 먹는 건 일시적으로 좀 둔해지고 좋아지는 것처럼 느끼겠지만 나한텐 효과가 아예 없었고 스스로 생각을 바꾸는 효과가 제일 좋았다. 부모님이 항상 병원에 가서 약을 지어오면, 수면제만 지어오면 되는데 10알이 넘는 약을 지어왔다. 감사하면서도 그건 싫었다.

또래 남자들만 보면 피하고 교복 입은 남학생을 보면 불안해지고 휴대폰 가게만 보면 트라우마가 떠오르고 반여1동만 가면 자꾸 그 기억이 나고 트라우마가 너무 많았다. 엘리베이터도 사람들과 같이 타기 싫어서 사람들이 올라가면 타거나 내가 혼자 타고 있는데 눌러서 문이 열리면 극도로 불안하고 짜증이 났다.

또래보다 아저씨나 사장님들과 친하였다. 나보다 연배가 있는 사람들을 만나면 사교성이 좋아졌다. 연배가 높으신 분들이 아무래도 이해력이 있기 때문인 것도 있다. 또래가 이상하게 철없이 보이고 싫었다. 동성이면 더더욱… 이유가 있겠지. 고난을 겪으면 더욱 성숙해지고 멋있어지는 건 맞는 것 같다.

특유의 분위기도 생기고, 폐인이 되고 난 후의 상처 때문에 더 강해지고 더 성숙해지고 한 단계 더 이해심이 생겨서 그전보다 날 찾는 사람들이 많아졌다. 고통을 겪지 못하면 깊은 와인 같은 맛을 내지 못하는 것과 같은 걸까? 나를 아는 여사친들은 나보고 운둔형 카사노바라고 농담을 했는데, 난 내가 운둔형인 건 사람들이 똑같이 느끼는 거구나 하고 느꼈다.

난 예전에 나를 버리려고 롤 모델을 여러 명 만들어 그 사람들의 모습들이 내게 다 스며들게 만들었다. 하지만 차라리 매력이 없고 단순하고 상처 없는 철없는 아이가 더 부럽다. 육체적 고통이 오면, 예를 들면 침 주사 수술 등을 하면 더 분노하였다. 전부 트라우마 때문에 생긴 마음의 병과 육체적 병들이기 때문에 말이다. 개인사 얘기를 안 쓴다고 한 것은 핑계였다. 힘든 작업이고 내 마음이 들킬까봐 두렵고 어디서부터 써야 내 마음이 100퍼센트 가까이 표현될까, 납득이 될까하는 고민과 불안 때문이었다. 글은 투명한 거다.

그 상황 속에서 자격증 연수를 한다고 주말 토일 2주 과정, 부산에서 경기도까지 왔다갔다 하기도 하였고, 그 외 자격증 공부, 글쓰기, 사주 명리학 공부도 열심히 하면서 음악을 들으며 생각에 잠기며 그냥 걷기도 하였다.

엘리베이터나 지하철 버스에 사람들이 차 있으면 난 롤러코스터를 타는 느낌이 들어 머리가 땡기면서 호흡이 잘 안되었다.

트라우마를 겪으며 시작된 것 같다. 그냥 고통 없이 죽을 수만 있다면 가고 싶었다. 스트레스 신경성 소화불량으로 음식을 먹으면 명치 쪽에 체기가 있었다. 그래서 줄넘기를 하루에 1000개씩 해야 한다. 그래야 숨이 트이며 음식물이 내려가기 때문이다. 계단 오르기를 10층까지 해야 소화가 된다.

한번은 어느 한 아파트 옥상으로 올라간 적도 있다. 나의 이런 상처는 친구들에게도, 나중에 배우자에게도 절대 말 못할 거라 생각했다. 날 바보 병신으로 보거나 오히려 날 피할 수도 있을 것 같아서. 하지만 생각이 바뀌었다. 그 이후로 한이 돼서 글을 쓰기 시작했다. 뭐에 쓰이기라도 한 듯 집필을 하였지만 신이 나에게 무한한 영감을 뒤에서 미친 듯이 준 것 같다. 억지로 시킨다고 되는 게 하나도 없다. 다 자기가 하고자 하는 목표가 생겨야 애살이 생긴다. 인간은 어느 정도의 불안과 예민이 있어야 하고 스트레스가 없으면 죽은 삶이라고 하였지만 나는 그 정도를 지나쳐 너무 살아 움직이고 예민해진 것 같다. 그 정도를 지나쳐 오래 살지 못할 것 같았다.

단체생활도 도저히 할 수 없고 주의력이 결핍되어 집중을 못해서 담배 피러 나가는 게 일상 이였다. 불안해서 스트레스를 받아서일 것이다… 어쩔 수 없이 직장생활은 할 수 없었다.

몇 년 후 25세에 작가가 되어서 베스트셀러 장르소설 주간 베스트셀러 8위와 최우수 도서로 선정될 만큼 결과가 좋았고 소설을 20권 이상이나 출간했다. 그리고 영화 투자에도 참여하여 영화 투자자라는 직함도 얻게 되었다.

내가 아니라 다른 사람 같으면 견뎌낼 수 있었을까… 대부분 학교에 다닐 때 그런 경험이 있으면 어른이 되어서도 그대로 인 사람이 많은데 난 스스로 노력했다. 난 그렇게 당했어야만 했던 아이가 아니다. 모든 피해자들도 마찬가지지만, 혹여나 나에게 아픔을 주었던 그들이 이 책을 보고 만약 내가 잘 되어서 다시 그들에게 나타난다면 자기들이 나에게 고난을 줘서 내가 잘된 줄 아는 사이코패스 같은 아이가 있을 것 같다.

난 정말 가진 게 없어도 단순하게 사는 게 꿈이었던 사람이다. 목소리, 성격, 외모 모든 사회성이 있는 사람처럼 마치 마초성이 있는 남자처럼 감쪽같이 가면을 썼다. 가면을 벗으면 또다시 제 본모습으로 돌아갈까 항상 긴장했다. 그렇게 해서 지금까지 살고 있다.

그런데 왜 그렇게 마음은 아플까… 지금 그냥 모든 걸 내려놓고 싶다. 1초마다 자꾸 당했던 기억이 나고 난 그걸 자기위로 하면서 지우려고 애쓰는 주문을 걸고 강박증, 우울증, 공황장애, 화병, 울화통, 외상 후 스트레스 장애 등 모든 정신과 용어들이 다 내 병인 것 같다. 강박증도 있는데 뭐든 확인하는 강박증이 심하다. 그리고 떠오르면 힘든 줄 알면서도 그걸 생각한다.

글을 쓸 때 더 심해지고, 빠진 거 없는지 병적으로 확인한다. 날아갈까 봐… 고칠 때마다 메일로 내게 쓰기를 해 백업시켜놓고, 그 전에 고친 건 지우고 하는 식으로 한다. 이 글이 날아가면 정말 허무할 것 같기 때문이다. 다른 글도 마찬가지고.

난 비혼주의자이고 독신주의자다. 상대방을 위해서다. 상처 많은 사람은 무조건적인 사랑을 원하는 것 같다. 보상 받으려고 하는 것 같다. 사랑을 주는 것보다 받는 게 좋은 것 같다. 이기적인 사람이다. 그렇게 이기적인 사람이 될까 봐 두려워, 내가 사랑하는 사람이 나 때문에 외로워하고 슬퍼할까 봐 두렵다. 남의 상처는 바늘같이 생각하지만 나에게는 우주에서 가장 큰 상처다. 쉽게 상처를 판단하지 않았으면 좋겠다.

만약 지옥이 없다는 사실을 알게 되면 살인 충동과 자살충동을 같이 극심히 느낄 것 같다.

자꾸 떠올라 뛰어 내리고 싶다. 너무 분노해서 강박증이 생겨 자꾸 죽는 상상을 한다. 자기 위로를 하고 주문을 건다. 어릴 때 계곡에 빠져 죽을 뻔한 적이 있는데 그때 그냥 죽었더라면 이 고통을 겪지 않았을 텐데 라는 생각을 한다. 나를 사랑하는 사람들께는 미안한 발언이지만.

아빠 엄마가 너무 여리고 착한 사람들이라고 생각하는데, 차라리 강한 부모나 조금 나쁜 부모였다면 어땠을까 라는 상상도 한다. 어쩔 땐 부모님이 소름끼칠 만큼 싫을 때가 있다. 그러고 나서 눈물을 흘리지만.

　엄마가 나 때문에 아파할 때, 그리고 내 걱정에 병에 걸렸을 때, 난 그들에 대한 분노가 극심히 더 높아진다. 좋은 아빠한테 내가 화내고 있을 때도… 나를 괴롭힌 그 새끼들만 아니었으면 하고 생각하곤 한다.

　엄마가 유방암 1기라는 말을 들었을 때 엄마는 머리를 보여주기 싫어서 두건을 쓰고 있었는데 밖에서 40분가량 울었던 기억이 있다. 뒷골이 땡기면서 가슴부터 머리까지 혈압이 오르면서 빨개졌다. 난 분노하면서 화병이 더 심해졌다. 왜 나에게 이런 일이 생길까 당한 건 난데… 왜 우리 가족에게 그럴까…라는 생각. 나 때문에 엄마가 저렇게 병에 걸린 것 같은 죄책감이 들었다. 엄마가 이렇게 말했다. "엄마가 아파서 미안해 투정, 상처, 슬픔 다 받아줘야 되는데 힘이 없어서 미안해" 눈물이 왈칵 쏟아졌다. 부모님과 말다툼하고 나와서 모텔에서 잘 때, 울면서 맥주를 마시며 누군가를 원망할 때, 아무리 화가 나도 내가 나가면 엄마는 너무 힘들어하는데 너무 미안하다. 다른 부모였으면 가만히 있었겠냐고 했을 때 다른 부모였으면 이렇게 되지도 않았다는 말을 한 게 아직까지 가슴속에 후회가 된다. 새벽기도, 주일 예배에 나가 나를 위해 기도하면서 눈물을 매일 흘리는 부모님을 모르진 않는다. 혼자 방문을 닫고 소리를 지르고 물건을 던지고 욕할 때 엄마가 얼마나 아팠을까… 물론 나도 아프지만… 나의 감정을 어디에서부터 어떻게 이 깊은 걸 표현할까 고민하고 또 고민하였다.

엄마에게 두건을 벗으란 얘기를 한 번도 하지 못해 맘이 너무 아프다. 집안 분위기도 안 좋지만 엄마는 그 힘든 상황에서 슬픈 모습, 약한 모습 한번 보여주지 않았다. 엄마가 무너지면 내가 끝이라는 걸 엄마는 알고 있었던 것 같다. 그래서 지독한 항암치료도 꿋꿋이 이겨내는 엄마가 세상에서 가장 위대하다고 생각하고 너무 사랑한다. 외할머니 이야기를 하면서 누워있으면 "밥 먹어라"했다고 그리워한다. 다리가 아픈 엄마도 마음에 걸리고 불편해서 누워있질 못하였다. 내가 그들에게 상처를 받아 상태가 안 좋아져서 엄마가 아픈 것 같아서 살인충동이 일어났다. 우리 가족은 전부 병에 걸렸다. 이 고통 속의 세월을 어떻게 보상받겠는가. 친정엄마 없이 우리 둘을 다 돌보았던 엄마가 존경스럽다. 그리고 누나나 나는 외할머니 외할아버지 얼굴을 보지 못해서 한스럽다. 우리 태어나기도 전에 돌아가셨기 때문이다. 하늘에서 날 도와주셨으면 좋겠다. 지금 엄마는 완치 단계인데 어서 나아서 행복한 일생을 살았으면 좋겠다.

유서를 5장 정도 쓰고 1시간 가량 자살시도를 하였는데 결국 28년 인생을 담은 상처, 한풀이, 고난, 고통, 아픔에 대한 자서전이 되었다. 유서일 수도 있었지만… 유서를 두 번 썼다간 진짜 유서가 될 수도 있겠다. 집필을 하면서 정말 고통스러웠다. 한의 크기나 분량은 나이가 적건 많건이 중요한 게 아니다. 14살 아이가 80살 할아버지보다 한이 많을 수도 있는 거다. 쉬고 있어도 맘 편히 놀아본 적은 없다. 머리 속엔 트라우마와 걱정이 가득 차 있어서 진정으로 쉬고 싶다. 웬만한 가슴 아픈 사연을 들어도 와닿지가 않는다. 내가 가장 슬픈 것 같다. 비교를 해서 그럴 수도 있다. 그냥 듣고 느끼면 되는데….

난 조금이라도 마음을 씻어 내린다. 29살부터 내가 운명할 때까지 행복까진 아니어도 그냥 별탈없이 살아서 이런 한풀이 같은 글을 안 썼으면 좋겠다. 글을 쓰기 전 노래로 한풀이를 했는데 글 쓰고 나서 노래방을 안 간다. 우리 집안에 노래 잘

하는 사람이 없는데 부모의 목소리 음색이 섞여 잘하게 되는 것 같다. 너무 고통스럽다… 내가 컴퓨터 학원에 다닐 때 학원에서 모자란 형이 학교폭력을 당한 이야기를 계속 했던 적이 있다. 사람들에게. 그 바보 형을 볼 때 이런 생각을 했다. 나는 바보가 아니고 정말 그럴 사람이 아닌데 억울하다는 생각과 저 바보 형이 그런 상처를 꺼낼 때 굉장히 용기 있다고 느끼는 동시에 나랑 동급인 학교폭력 피해자라는 사실을 인정하기 싫었고 불쾌했다. 그게 내 솔직한 감정이었다. 어떤 사람은 그 대상자를 보고 생각이 깊은 척해도 속은 가벼운 사람이 있다. 그런 사람은 티가 난다. 자기는 남다르다고 생각하는 부류. 나는 1분에 수백까지의 생각을 한다. 그래서 작품의 수가 많을 거다. 흘려 보내기도 많이 한다. 글을 놓아버릴 때는 말이다. 그래서 잊어버린, 놓친 생각들이 많다. 원래는 그렇게 흘려보내는 게 정상이거늘 난 항상 강박처럼 생각이 떠오르는 대로 메모하고 글을 쓴다.

내가 친절한 가면을 쓰다 본성이 나와 어둡고 무뚝뚝해지면 상대방은 배신감을 느낀다. 말투도, 표준어 목소리도 부드럽게 한다. 애초에 그러지 않았음 되는데 왜 그럴까? 이런 친절한 가면 때문에 내가 착한 줄 알고 이용하려는 아이도 있었다.

  고등학교 친구 중에 사기꾼이었던 친구가 있었다. 거짓말을 진짜라 생각하고 몰입하면서 이야기 했던 친구다. 컬쳐랜드에 있는 2만원 중에 5000원만 쓰라고 하였는데 2만원을 다 쓰고 돈 빌려달라고 할 땐 이 세상 가장 슬픈 아이로 변신하였던 친구와 연을 끊은 적이 있다. 인격이 덜 됐다고 생각한다. 필요할 때만 연락하는 친구는 친구가 아니다.

  난 머릿속에 저장되어 있는 걸 책으로 옮기고 식혀준다. 내가 제 정신이 아닐 때는 3가지를 하고 있을 때다. 화낼 때, 도박할 때, 글 쓸 때다. 아 물론 도박은 합법적인 도박이니 오해하지 말자. 예로 글을 쓰고 있을 때 영감이 떠오르면 샤워하고 있다가도 수건으로 닦지도 않고 물기 있는 상태로 나와 방에 있는 휴대폰으로 얼른 메모한다. 머릿속에 단어를 생각하면서 잊혀지기 전에… 날 키워준 성인 출판사와 일반 출판사, 각자 따로 운영하는 출판사 대표님께 고맙다. 신춘문예 출신 작가님인데 나의 진정한 스승이었다.

성인 후반이 돼서 사돈과 다시 재회하였는데, 중학교 때 사돈의 주먹이랑 나의 모교 불량한 패거리들이 마주칠 때면 나에게 해를 가했던 그 새끼는 겁먹은 듯이 아무 말도 못 하고 공손한 자세로 있었다고 한다. 진작에 사돈을 알았으면 어땠을까. 사돈 전화에 쫄아 아무 것도 못하는 비겁하고 비열한 병신인 그 새끼, 나랑 피시방에서 싸울 때 뒷걸음질 치는 병신, 그런 병신 새끼한테 내가 당하고 있었나… 회의감이 들었다. 쓰레기 양아치들이다. 사돈이 내 원수랑 아는 사이라서 불편하긴 했다. 사돈은 그런 애 때문에 싸움이 난다고 하였다. 혼자 있으면 아무것도 안 되는 애가 걔 때문에 싸움이 난다고 하였다. 나에게 해를 가했던 그 새끼와 싸움을 학교에서 가장 잘했던 중학교 놈이나 그 새끼들도 다 어딘가 불안해보였다. 신경성적으로… 그 새끼들은 유전자부터 썩어빠진 놈들이다. 그들의 부모들의 정자와 난자는 잘못 만나 실수해 저런 것들을 낳은 것이다. 그의 엄마들은 뱃속에서 괴물을 키우고 있었던 것이다. 난 악을 보았다. 보지 말았어야 했다.

난 이런 슬픈 글을 쓰고 있으면서도 메일로 파일을 백업할 때 메일 제목을 "상이야 파이팅, 잘하고 있어"라는 문구를 매일 쓰는 것 같다. 생각을 버렸으면 이 글이 나오지도 않았다. 이왕 버려지지 않는 생각, 상처들, 또 다시 생각날 것들을 다 글로 표현하자 생각했다.

나는 원체 타고난 성욕이 있었지만 트라우마 때문에 많이 감퇴 되었다. 지금도 성욕이 많긴 하다. 하지만 트라우마가 있지 않았으면 성욕이 더욱 활발하였을 텐데 라는 생각도 한다.

거절과 미움에 익숙해진 사람이 되고 싶다.

가끔씩 혼자 나의 기쁜 추억이 있는 장산 신도시에 혼자 지하철을 타고 간다. 그리고 자주 가서 좋은 기억이 있는 연산동, 대연동, 일광, 동래도 한번씩 가서 옛 추억에 잠긴다. 후각이 장소를 제일 먼저 기억한다는데 맞는 것 같다.

친할아버지가 원래 경기도에 걸어 다니는 땅이 다 친할아버지 것이라고 하셨는데, 그 재산이 유지가 되어서 부자 청소년기를 보냈더라면 학교폭력 피해자가 되지 않았을까 하는 생각도 한다. 친할아버지는 바람이 나서 재산을 여자에게 다 뺏겼다고 한다. 남은 재산은 큰아빠가 다 팔았고….

불량한 사람들 특징은 가오를 잡아야 하니 다 같이 있을 때만 약한 아이한테 시비를 건다. 혼자 있을 땐 안 건드린다.

이렇게 수만 가지의 잡생각을 메모장에 다 옮겨야 잠을 잘수 있다.

내가 일했던 사장님은 아들에 대해 남다른 사랑 표현 방식을 가지고 있었다. 아가씨한테 자기 아들을 데리고 가는 거다. 집에만 항상 있고 혼자 나가지 않는 사장님의 아들이었다. 알고보니 나처럼 뚱뚱하고 돈 안 되는 짓을 하고, 하지만 사장님에게 원한이 있고 학폭 피해자이고 사장님의 직업이 싫고 그리고 사장님이 잘못한 것들에 대한 상처를 치유해주지 않은 것에 대해 불만이 있었다. 사장님을 경찰에 신고하고 집밖에 안나가는 아들이 갑자기 나가자 잘 생각하고 결정하라고 하니선풍기를 걷어찬 아버지를 경찰에 신고한 것이다. 막상 그 아픔의 기간일 때는 견디었으나 지나고 나니 이제 아프다. 사장님의 아들은 나와 같이 약하진 않고 내 편이 없을 뿐이었다.

글은 가벼운 사람이나 양아치는 쓰지 못하지만 노래는 양아치도 잘한다. 물론 가벼운 양아치라도 감정은 있겠지만 약하다. 그러므로 난 글을 쓰고 있다는 게 좋다.

엄마는 내 맘을 안다고 하면서 모르는 것 같다. 나보다 더잘 안다면서… 나의 상태를 생각해 자영업 밖에 답이 없는 것같다고 엄마에게 말했더니 영주 갔다가 와서 이야기를 하자고하였다. 여태까지만 해도 모르는 줄 알았다.

그렇게 전에 썼다시피 난 영주에 피부관리사 시험 모델로 따라갔다. 아빠의 입찰 제한서 마감 날짜와 사장님의 피부관리사시험 날짜가 똑같았다. 입찰 1등으로 합격이 되고 관리사 시험도 합격이 되었다. 그날은 되는 날이었나 보다. 남자 피부관리사가 귀한데 정말 잘 되었다. 그날 엄마는 내가 영주에서 힘든걸 알고 담장할 힘도 없는 줄 알면서 내가 정말 가기 싫은 표정이었는지 태연한 척해도 그게 다 보였는지 걱정하는 연락이계속 왔었다. 갔다 와서 나의 사업 이야기를 하였다. 엄마는부동산 가치를 잘 보고 부동산에 관심이 많다. 엄마가 하는 말이 사업보다 부동산이라고 하였다. 대출 내서 사업을 하면 망하고 대출 내서 아파트를 사면 부자가 된다고 말씀하셨다. 예전에는 빚에 허덕였으나 지금은 엄마가 부동산으로 잘 돼서 빚 없이 대출 없이 잘 살고 있는 점이 다행이라고 생각한다. 가족도 서로 다른 사회생활을 하며 각자 다른 세상에서 살고 있고, 다른 뇌를 가지고 있기에 다를 수밖에 없다.

나는 보상심리에 부모님에게 전 재산을 상속 받으려고도 하였다. 한창 부모를 원망할 때 말이다. 또 신이 있다면 내 잃어버린 시간을 보상해주었으면 좋겠다. 하지만 좋았던 시절도 있었고 마냥 비극적이진 않았다.

나는 아기들에게 질투를 했다. 부러워서 말이다. 아기들은 생각이 많이 없고 상처가 없으니까… 그래서 조카를 질투했을지도 모르겠다. 부모님이 손자를 챙겨줄 때 나를 저렇게 좀 키워주지라는 생각과 부모가 조카를 나처럼 키워서 조카가 혹시 나하고 같은 상처를 겪지 않을까 하는 걱정도 하였다. 상처가 없거나, 많지 않거나, 평범한 사람들 틈에 있으면 상대적 박탈감을 느낀다. 가난한 자가 부자를 보면 박탈감을 느낄 수도 있듯이….

 사주는 종교가 아닌 철학이지만 전생에 죄를 많이 지었거나
아님 이승에서 죄를 많이 지어서 내가 벌을 받고 있는 것 같
기도 하다. 신께 말이다. 벌을 다 받으면 죽고 나서 좋은 곳으
로 갈 수 있을까?

 나의 아이가 태어나도 난 역시 고민과 근심을 할 것이다 나
의 성격이 유전되어 나와 같은 환경에서 혹시 상처를 받지 않
을까 하는 생각… 나는 상처를 받는 것도, 주는 것도 두려워
다가가길 어려워한다. 사회생활 불가능이다. 가면을 쓰면 가능
하다. 정상적인 평범한 상처가 있는 사람인 척, 그런 척 하면
되기 때문에, 하지만 가면을 너무 오래 써서 답답하고 견디기
힘들다. 이 글을 쓰면서 점차 나는 가면을 벗게 된다. 100퍼센
트 나의 진심이니까 말이다. 혹시 내가 또 정신적으로 힘들어
병원을 갈 때 의사는 나의 사연을 물어볼 것이다.

 그럴 때 나는 너무 괴로웠다. 그 짧은 시간에 나의 이 한 많
은 고통스러운 기억을 요약해서 팩트 있게 의사의 머릿속에

심어줘야 하기 때문이다. 하지만 이제는 이 글을 보여주면 의사는 내 상처의 모든 걸 알고 파악할 것이다. 말할 힘도 없어서 이 글을 쓴다. 내가 글을 쓰는 이유는 잘나가는 작가가 되는 게 절대 아니다. 항상 마음속의 응어리들을 터져 나오게 씻어버리기 위해 글을 쓰는 거다. 이 책은 특히 더더욱 그럴 가능성이 적긴 하지만, 유명해지지 않았으면 좋겠다. 이 책은 내가 견뎌냈다고, 대견하다고 자랑하는 글도 아니고 그렇다고 내 밑바닥 상처까지 끄집어냈다고 수치스럽지도 않다.

그냥 소수의 나와 같은 사람들이 읽고 소통하고 공감하고 그게 목표다. 종이책으로 출간하라는 제의가 오면 고민할 것이다. 오프라인 서점에 유통되면 더 많은 사람들이 보게 될 것이기 때문이다. 한국에서도 나처럼 미치광이 작가가 많이 나왔으면 좋겠다. 그래야 문학이 더 발전한다는 생각이다. 사람 자체가 개성 있고 튀는, 튈려고 안 해도 매력 있게 대중적인 개성을 가진 나야말로 개성 있다고 말할 수 있다. 옷 머리 문신이 개성의 잣대가 되어선 안 된다. 글 쓰는 아이들은 뭔가 달라 보인다. 뭔가 깊어 보인다. 이 말을 하려는데 한 사람이 생각나서 안 쓰려고 하였다.

나에게 칭찬하는 글이 자랑처럼 느껴진다면 당신은 죽은 것
이다.

  내 상처이기 때문에 주변 사람들 몰래 내는 책이다. 주변 사
람들, 가족들이 보지 않았으면 좋겠다. 난 그 동안 상처를 숨
기기 위해 또 다른 상처를 만들어냈다. 사람들이 감당할 수 있
는 상처로 최소한 내게 다가올 수 있을 정도의 상처로 만들어
낸다. 아니면 남들 다 하는 고민을 말하든가… 사람들이 물어
보면 말이다.

  복잡한 아픔과 상처여서 단순하게 내 진짜 상처를 말하기가
어렵다. 단순하게 말하면 사람들이 내 아픔이 와 닿지 않을까
봐. 힘든 일이 있냐고 묻는 사람이 많다는 건 내 표정에서 다
읽히고 있다는 거다.

  아무리 밝은 척해도… 아픔이 많아지면서 우울해지니 예술적
으로 변한 것 같은 내 자신이 싫기도 하다. 한이 많으니 글을
쓰겠지, 아니면 애초에 글을 쓰지 않았겠지. 빨리 글을 마치고

싶은데 그게 안 된다. 사연이 많아서 괴로워서….

초등학교 4학년 때 체육선생은 왜 그 많은 아이들 중에 두 손을 머리에 안올렸다고 나의 눈을 주먹으로 때렸을까… 탈진 할 것 같다. 지옥 같은 악의 세계에 있다는 걸 자신들은 모르 겠지… 악의 세계, 악의 구렁텅이에 있다는 걸, 지옥불은 뜨겁 데 한번 들어갔다 나오면 끝이 아니라 다시 꺼내서 계속 집어 넣는데 죽지도 못한다. 계속 빠진다.

그렇게 심각한 상태에서 2년 동안 반장을 한 내 자신도 대 견하다. 내 속도 모르고 아침이 되면 학교가라고 깨우는 엄마 가 야속했다. 노래방에서 혼자 노래를 세 시간 동안 미친 듯이 열창하는데, 노래방 사장님이 나에게 목소리에 한이 있다고 했 다. 노래방에서 나의 한스러운 목소리가 들리길 원했고 알아줬 으면 좋겠다는 마음이었다. 외사촌이 모두 모인 큰 이모 집에 서 게다리춤을 추며 〈네 박자〉를 부른 기억이 있다. 본래의 나는 외향적이고 무대 체질이었다. 초등학교 때도 장기자랑에 매일 나가기도 하였다. 누군가들이 나를 짓밟지만 않았다면 소 극적 내성적으로 변하진 않았을 거다. 매일 노래방에 가서 나

137

의 내면에 있는 고통들을 노래로 풀었지만 옹어리들이 풀리지 않아 글을 쓰게 되었다. 아버지에게 유전된 것들 중에 글 쓰는 재능을 물려받은 건 감사하게 생각한다. 아마 글까지 쓰지 못하였으면 벌써 죽었을 거다. 감사한 것 들은 차를 타고 몇 시간씩 가도 멀미를 안하고 잘 먹고, 몸무게도 있는데 계단 뛰기도 10층까지 뛰어올라가고, 고통을 이겨내려고 하는 강한 정신력과 글재주가 있고 글로 표현해서 상처를 치유하는 법도 알고 이성적이고 논리적인 성격도 감사하다. 투견 중에도 상처 많은 개들이 강하다. 어떻게 고통을 이겨낼 수 있을까 하고 문제점부터 찾아내는 담즙기질도 감사하다. 좋은 부모 누나 감사하고 건강은 타고났다. 상처 입은 가슴이지만 그래도 아직 아름다운 여성을 보고 떨리는 것에도 감사한다. 그리고 좋아하고 가슴 뛰는 게 있어 다행이다.

외상 후 스트레스 때문에 피운 담배, 그 이유로 망가졌지만 그 전에는 축구를 할 때면 애들이 안 힘드니 라고 물어볼 정도로 체력이 좋았다. 스트레스가 덜할 땐 소화도 잘 시키고 옳고 그른 건 안다. 감사한 걸 모르는 사람이 많다. 나도 이렇게 적어가며 감사를 깨닫는다. 일 년씩 지나갈수록 고통도 조금씩

줄어드니 시간이 약이다.

아버지에게 하고 싶은 말이 있다. 아버지는 리더쉽이 있는 분이었다. 리더란 충성심을 유발시키는 사람, 즉 잘 보이고 싶은 욕구가 생기는 사람이라고 생각한다.

그 점에 있어 아버지는 리더쉽이 좋았고 회사 간부로서 성실했고 지금까지 새벽에 나가고 당일 밤이나 그 다음날 새벽까지 일하고 집에 들어와도 싫다는 내색 한번 한 적을 본 적이 없다. 출장도 자주 가고, 자기 분야의 탑이고, 집, 담배, 일밖에 모르고 취미도 없다. 나한테 미안해서 뭐든지 다 해주려는 아버지, 너무 착한 아빠다. 상처투성이 가족들이 있는 집인데 어쩌면 아버지는 한번씩은 들어가기 싫어 일부러 늦게 퇴근하고 귀가했던 적도 있었을 거다. 가정으로 돌아가기 싫었을 거다. 평범하고 착하고 효자인 무던한 아들이 못 되어서 죄송하다. 나를 낳은 걸 어쩌면 후회할지도 모르겠다. 영어도 원어민 수준으로 잘하시고 대학도 장학금을 매일 타 공짜로 다니시고 동생들을 먹여 살리려고 배를 탔던 아빠다. 나중에 동생들이 손 안 내밀게 하려고… 돈이 없으니 무조건 장학금을 타야 했던 아버지는 얼마나 부담이 되셨을까. 자유분방한 아빠, 자유로운 영혼인 아빠, 역마살이 낀 아빠, 그런 아빠에게 너무 상처를 준 것 같다. 말없이 용돈을 주실 때 내 가슴은 찢어졌다. 엄마는 항상 아빠보고 복이 없는 사람이라고 하였다. 반찬을 맛있게 해놓으면 밥 먹고 들어오고 반찬이 없으면 일찍 들어오고 과일을 사놓으면 배부르다고 그러고 그런 점을 맘 아파하였다. 옛날에 엄마께서 외할머니와 점집에 아버지 사주를 보러 갔을 때 평생 처자식 굶어죽일 일은 없다고 했는데 아버지 덕에 이렇게 풍성하게 나 하고 싶은 거 다 하며 살고 있어 정말 감사하다. 아버지가 하는 분야의 일을 하며 훌륭한 사람들과의 인맥도 자랑스럽다.

그런데 내가 너무 깊은 응어리가 있어 자꾸 아버지에게 상처를 준다. 아버지가 내가 방안에서 안 나와 괴로워하니 쇼크로 쓰러져 혈압이 180까지 오르고, 왼쪽 팔 다리가 마비되어 119에 실려간 적이 있다. 아직도 그게 가슴에 남는다. 마음이 너무 아프다. 물론 부모님이 잘 키워주시고 좋은 것을 물려받아서 내가 이겨낸 건 아니다. 물론 나의 뒷받침을 해준 건 도움이 되었지만 난 스스로 이 모든 걸 이겨내고 여기까지 왔다.

진짜 필요할 때 내 곁엔 아무도 없었다. 나 홀로였지만 원망하지만 미워할수록 내 마음이 괴로워서 용서한다. 내가 용서해야지, 왜 항상 부모가 용서를 했는지도 원망이 된다. 솔직히 나보고 그냥 용서하라는 말은 안 했어야 했다.

내가 살인을 했더라면 끔찍하다. 작가라는 꿈 때문에 참고 또 참고 그 상황 속에서도 냉철하고 이성적이어야 했다. 아주 어릴 때 아주머니가 젊은 남자 간호사에게 맞는 걸 봤는데 그런 기분이었을까? 엘리베이터가 1층에 도착하자 1층에서 그 소란이 벌어져 굉장히 놀랐던 기억이 있다. 잠이 와서 쓰러질 것 같을 때 약에 취해 잔다. 이틀 정도 밤을 새고 약을 먹어야 잠이 온다. 먹으면 비몽사몽해진다. 이런 최악의 상태에서 고민상담은 아주 잘해준다.

나의 내면이 담긴 소중한 작품 문장 구절 단어 잘라내지 않는 선에서 합의해서 출판을 진행하였다. 내 영혼이 잘려나가는 것 같다. 글을 자르면… 엄마는 몇 천장이 쌓여있는 내 습작 종이박스를 보며 눈물을 흘리셨다. 한이 너무 많다고… 부모님이 나를 끝까지 케어해주지 않았으면 범죄자가 되어있을 수도 있었겠다. 글 쓰는 재능까지 없었다면 더더욱. 부모님의 사랑이 날 일으켰다. 내 꿈은 부모님의 옆집에 살고 나란히 같이 사는 거다.

난 이미 죽었다. 트라우마로 인해 아무것도 하지 못하는 폐인이 되었다. 대인기피증도 생겼다. 그냥 모든 걸 내려놓고 싶다… 누군가는 추억, 누군가는 피눈물을 흘린다. 내 학창시절은 쿼시(Quacy)의 〈I Hope It's A Dream〉(웹툰 '밀웝' OST)이라는 노래 같다.

이 글을 퇴고하면서 긴 터널에서 나와 스스로 나 자신의 싸움에서 이겨냈다. "고생 많았다 상이야, 앞으로는 행복하자. 다 이루었다."

하나님이 창작의 고통이라는 벌을 주셨나 보다. 좋은 벌이지 내 아픔을 표현하는 건 춤 노래 연기 악기가 아니라 글이었다. 그리고 상처받는 것보다 고독을 택하였다.

내 몸과 정신은 내가 잘 안다. 정신과 전문의에게 말해도

100퍼센트 이해하지 못하고 다르게 해석할 수 있다. 생각하는 뇌가 다 다르기 때문이다. 그 가면 역시 나의 모습인걸… 나는 내 상태를 다 인지하고 있다. 인지를 못하면 몰라도, 나 자신은 내가 제일 잘 안다. 몸도 정신도 정신 나간 사람이 아니라서… 난 살아있다 정신이….

삶에 고생한 것들을 다 겪고 옛날에 받은 편지와 습작한 것들을 보다가 교생 선생님의 편지를 발견했다. 선생님은 "무슨 생각을 그리 할까" 궁금해했다.

그 생각은 고통스럽고 자살하고 싶다는 생각이었는데 슬프다… 그 잡스러운 생각 때문에 작가가 되었다.

담배 끊으라 말하지 마라. 작가가 글 쓰면서 창작의 고통에 시달릴 때 유일한 약이 담배다. 피워본 적도 없는 사람은 더더욱 하지 마라. 백해무익한 건 없다. 담배도 합법이다. 구석에서 담배를 피우고 있는데 여기서 담배를 피우지 말라는 말을 하면 분노한다. 담배는 합법인데 흡연구역은 없고 구석에서 피우는데 그것도 피우지 말라고 하면 담배는 왜 만드나.

사람이 재밌어야 글도 재밌다. 재밌는 인생을 살았거나… 사람들은 글을 안 써서 화가 많은 거다.

어릴 때 난 스케치북이 없어 빌려달라는 아이들에게 나는 스케치북을 다 찢어서 나눠줬다. 난 참 정이 많은 아이였다. 운동회 음식도 내가 다 사주었다.

한때 교회가 좋았지만 교회라는 터가 안 맞는다. 믿음은 있지만 교회인들과 공동체 생활을 못하겠다. 기독교를 잠시 떠나 있지만 믿음은 사라지지 않았다.

나는 집필을 끝내고 새벽 4시부터 해가 뜰 때까지 여운에서 벗어나지 못해 소설과 맞는 분위기의 음악들을 미친 듯이 들으며 담배를 피우며 눈물을 흘렸다.

목욕하면서도, 가만히 있어도 영감이 떠올라 미칠 지경인 나… 바로바로 행동을 멈추고 메모한다. 난 화가 나서 작가의 창작의 고통을 표현한 일본영화나 유럽영화를 미친 듯이 찾아

본다.

나와 같은 모습인 예술가의 모습에 내가 굳이 표현하지 않아도 되겠다는 생각, 그리고 "더 이상 창작의 고통에 시달리며 그리지 않아도 되겠다" 라는 스스로를 위로하려고, 그리고 스스로 표현하고 싶은 장면이 나오니까….

나는 세상과 동떨어지는 걸 택했고 그럴 수밖에 없는 직업 특성상 가면을 쓰며 사람을 만나기보다 스스로 소외되는 걸 택했다.

난 내가 사행성 게임 중독이 심각한 걸 알고 스스로 절제하려고 엄마에게 소액결제와 콘텐츠 이용을 원천차단하자고 합의하였다. 계속 내 스스로 결제한도를 늘리고 차단하기가 힘들어서 완전 차단을 하려고 말이다. 원래 스스로 조절, 절단하는 성격이긴 하다. 인터넷에 검색해보니 원천차단을 하면 핸드폰 해지 전까지 풀 수 없다고 했다. 절실한 마음으로 찾아 원천차단을 하였다.

나는 커피와 담배 중독이다. 흡연 중독으로 줄담배를 펴야 살 수 있다.

그리고 난 그 후 학창시절 아이들의 페이스북을 찾으며 손을 떨며 계속 살인 충동을 느꼈다… 선생님들도 너무 원망했다. 알면서 모른 척하여서… 효자가 되고 싶어도 될 수 없었다. 그 새끼들은 남의 부모 귀한 줄 알아야지 남의 자식을 건드려놓고 자기 부모한테는 잘한다. 이기적이다. 자기 부모 사진에 코멘트도 못 달게 한다. 그럼 나의 부모도 귀한 줄 알고 날 건드리지 말았어야지 자기 부모 사진을 내가 봤는데 내가 어떤 마음을 먹을 줄 알고… 나도 우리 부모님의 소중한 자식이다. 그 소중한 자식에게 몹쓸 짓을 하였던 거다.

과거로 돌아가서 그렇게 지옥 같은 학교 생활이 끝나고 집으로 향한다. 일하러 간 엄마, 사업 초기인 아빠가 없는 홀로 집에 도착한 나는 혼자 멍하니 책가방을 놓고 물을 마신다. 아버지가 사업을 할 때 엄마가 일해서 번 돈으로 잠시 생활한 적이 있다. 나는 속으로 생각한다.

이미 몸과 마음이 지쳐서 아무것도 할 수 없는 쓰레기가 된 것 같다. 상처에 찌들어 아무짝에도 쓸모없는 구제 불능의 내 모습. 가끔 내 마음속에 총알들이 박혀 있는 것 같은 답답한 느낌이 든다. 내 마음은 권총이 아닌데, 그래서 총알이 필요 없는데. 돈을 어마어마하게 줘도 그 총알 같은 걸 빼낼 수 없는 이미 상처 입은 마음, 분노, 공허… 그리고 잠들기 직전엔 내일이 올까 두렵고 또 정말로 고독하다. 너무 어릴 때부터 이런 감정을 느껴서인가? 어느새 태연해진 내 모습이 어쩌나 가여운지… 왜 내가 감옥 같은 폐쇄병동에 있어야 하는지. 날 감시하는 간호사들과 의사들, 난 정상인데 상처가 있다는 이유로….

일부러 상처 많은 그들과 어울리려 진짜 상처를 말하지 않고 불쌍한 척 사연을 지어냈다. 음식도 사주며 음료수를 대접하며… 밤낮이 바뀌어서 약속이 있으면 시간 맞춰서 잔다. 그 마저도 약속이 신경 쓰여 잠이 안 온다. 잡생각에 예민해서 담배에 중독이 된다.

나는 나와 비슷한 사람들에게는 공감을 그리고 평범한 사람들에게는 나와 같은 경험을 가진 사람들을 이해시켜주기 위해 글을 쓴다.

그걸 이해시키고 공감을 얻으면 비로소 나도 딴 사람들과 비슷하게 살아가고 있다는 느낌을 받을 것 같아서 글을 쓰고 있을지도 모르겠다.

물론 즐거웠던 경험들을 글로 풀어도 힘들지만 그립거나 지나고 보니 아팠던 경험들을 표현하면 더 고통스럽다. 고통스럽지만 살기 위해 글을 쓴다.

아픔을 예술로 승화시킨다고, 어쩌면 아픈 상처와 아픈 경험은 예술가로서 최고의 축복이다. 하지만 예술가가 아닌 한 남자의 인생으로선 그렇게 슬플 수가 없다.

나와 비슷한 경험을 안고 살아가는 사람들은 무심코 마음 한 켠에 마음속 그리움을 잠시 숨겨놓고 아무렇지 않게 살아가다가 술 한잔하며 숨겨놓았던 이야기들을 안주삼아 사람들에게 허심탄회하게 말하며 또다시 일상으로 돌아갈 것이다.

나는 어쩌면 사랑도. 그 여운도. 받아들이는 게 남달라서 글 쓰는 예술을 하고 있을지도 모르겠다.

글이 날것같이 그리고 생동감 있게 표현하려고 나는 되도록 현실 80퍼센트, 상상력 20퍼센트로 글을 쓴다.

친구들도 내 글을 보고 나를 떠나게 될까 두려워 일부러 작품 제목을 가르쳐 주지 않고 필명을 쓴다. 나도 이런 내 자신이 너무 싫다. 직업병이기도 하고 써야 된다는 강박관념이 있다.

나는 글을 써야 사는 사람이지만 누가 내 글을 볼까 두려움에 발발 떠는 그런 불행한 작가다. 저서가 적혀있는 명함을 주지 못한다. 나의 모든 게 다 책 안에 있으니 겁난다. 나에게 선을 그을까 봐, 아니면 혹시 책을 읽어서 나에게 전처럼 대하지 않거나 할까 봐, "이런 사연이 있었어? 조심해서 대해야겠네" 하고 다르게 대할까 봐, 또 내가 상처를 숨기기 위해 했던 나의 거짓말이 들통날까 봐 그것도 두렵다. 거짓말을 진짜처럼 하는 가짜 상처를 진짜처럼… 숨기기 위해 거짓말은 나에게 상처 가리개이다.

지나간 추억에 잠기며 걸으니 비가 온다. 우산도 없지만 있어도 쓰기 싫다. 하나님도 같이 울어주는 것 같아서 막고 싶지 않았다.

어느 한 소녀가 나를 보고 눈이 툭 건들면 금방이라도 울 것 같단다. 눈물이 꽉 차 보인단다. 눈이 슬퍼 보인단다. 들킬까 봐 농담으로 넘겼다. 그리고 집에 와서 눈물을 쏟아냈다.

잠 안 오는 밤 새벽 감성에 젖어 제정신이 아닌 상태로 영감을 받아 글을 쓴다. 극도로 우울해지면서 고독해지면서 슬픈 노래를 틀더니 그때서야 눈물이 주르륵 흐르며 슬픈 감정이 쏟아져 내린다. 내가 쓴 글을 읽으며 그 노래를 들으니 내가 너무 불쌍하다는 생각이 든다. 아침이 되었다. 사람들은 출근을 하러 엘리베이터를 타지만 나는 감성에 젖으려고 엘리베이터를 탄다.

작품을 출간하면 사람들에게 항상 마지막 작품이라고 한다. 글을 쓸 때가 고통스러워서 그런가 보다. 하지만 영감을 받으면 또 고통 속에서 글을 쓴다. 글을 쓰고 다음 날 푹 자고 일어나보면 내가 미쳤나 싶다.

사진작가는 사진으로 남기고 싶듯이… 작가는 추억을 글로 남기고 싶다… 새로 만난 사람들은 내 치명적인 과거를 모르니 나를 좋아해준다. 그래서 행복하다. 내 치명적인 과거를 아는 사람이 거기 있을까 두렵다. 내 상처가 궁금해서 다가와 놓고 호기심이 다 풀리니깐 날 멀리한다. 정말 나쁘다.

이 글을 다 써가는 이 순간 분노가 사그라들고 생각이나 트라우마, 그리고 외상 후 스트레스 증상이 좋아지는 느낌이다. 이렇게 스스로 이겨내는 나를 안아주고 싶다.

이 세상에 무시당해야 마땅한 사람은 없다. 이유 없이 약하다는 이유로 짓밟혀야 하는 사람도 없다. 그리고 극한의 분노가 왔을 때 약한 사람은 없다. 남에게 원망을 안겨주지 마라. 뒤에서 언젠가는 칼 맞는다. 또한 벌은 받게 되어 있는 게 이 세상 이치다. 자기가 안 받으면 자식한테로 다 간다.

나는 행복할 권리가 있기 때문에 이 글을 퇴고하고, 아픈 기억 모두를 희미하게 만들고, 너무 아픈 가슴을 승화시키고, 난 그렇게 즐겁게 살아가도록 노력할 것이다.

14년의 아픔을 24일 만에 표현하였다. 나는 이제 모든 걸 씻어버렸다.

유서

초판 1쇄 2020년 12월 30일

지은이 | 이상

펴낸곳 | 문학여행
발행인 | 고민정
주　소 | 서울특별시 중구 을지로 14길 20, 5층
홈페이지 | www.bookjour.com
이메일 | contact@bookjour.com
전　화 | 1600-2591
팩　스 | 0507-517-0001
원고투고 | edit@bookjour.com
출판등록 | 제2017-000048호

ISBN 979-11-88022-38-0 (03810)

문학여행은 출판그룹 한국전자도서출판의 출판브랜드입니다.